JN134376

You are Enough*

あなたの価値は、
あなたでいること

キャシー・メンドーサ＝ジョーンズ 著
宮垣 明子 訳

辰巳出版

はじめに

書き出しのこの一文を、わたしは何度も何度も書き直した。初めての著書の序文なんて一生に一度のことだからだ。十二歳の頃から、わたしはいつか自分は作家になると思っていた（心の声、お待たせ！）から、長年にわたってこの文章を書いている自分を想像していた。やっと今日、それを始められそうだ。

ほんの数年前なら、わたしの中の自分批判が大好きな完璧主義者に、デビュー作なんだから序文の歴史に残るような完璧なものを創作しなさいと怒鳴りちらされ、わたしは何もできずにいたことだろう。ずっとその声の言う通りに理不尽なやり方に従ってきたが、そのうち、内なる完璧主義者とわたしのあいだにはよい関係ができあがった。わたしは完璧主義者がどうしたがっているかを考えたうえで折り合いをつけ、前に進めるようになったのだ。だからこの本の最初は、シンプルなのが一番だと思った。この本を書こうと決めたのは書くべきだと思ったからだ。あなたもきっと内なる批評家（おまえはまだまだ足りないと言う声）と仲よくやっていける、ということは言っておきたい。それをみんなにわかってもらいたいという思いも、わたしがこの本を書くきっかけの一つだったからだ。

完璧主義者のあなた、あるいはいつも内なる声におまえはまだまだ足りない、おまえがそれで十分になることは絶対ないと言われ続けているあなた、まわりの人に自分がどう思われているかがいちいち気になるあなた、自分自身が信じられなかったり、自分の内なる声にどう対処すればいいのかわからなかったりするあなたにも、この本は最適である。わたしも同じ経験をしてきたから、あなたが自分を受け入れ、自信を持つお手伝いをしたい。自分の価値は生まれつきあるのだから、もちろんあなたの価値だって生まれたときからちゃんとそこにあるはずだ。だから、自分をもっと深く、もっと広く、無条件で受け入れられるようになれば、目の前には新しい世界が開けることだろう。心の内側にも、外側にも。

これを書いているのはカリフォルニア州の芸術の町、カーメルにあるホテルの優雅なラウンジだ。少しいい気分だけれど、その理由はそこで休暇を過ごしているからではなく（ただ、このホテルの眺めは最高！）、洗いざらしの髪に素顔でそんな場所に座っていても、落ち着いて、心安らかに、自信を持っていられるということが最高なのだ。

二年前なら、髪が濡れたまま外出することなんて絶対になかっただろう。部屋を一歩出るだけでも必ず髪をまっすぐに伸ばしたし、ファンデーションにマスカラとアイラインは欠かさなかった（だって、人の目があるでしょ？）。それなのにすっぴんで人前に出るなんて、もう外見にこだわらなくなったのかって？

そうじゃない。以前よりずっとずっと、自分には価値があると思う気持ちを大切にするようになったからだし、メイクをしていてもしていなくても、自分の価値は変わらないとわかっているからだ。

人間の価値というものは、何をするか、どんな格好をするか、ましてや朝食に何を食べるかということとは関係がないと、わたしは知っている。自分自身を受け入れる方法を知っているのはただ一人、自分だけだ。そしてわたしは、自分らしさを証明するものはシルクのようなストレートヘア（もちろん素敵だけど）でも、ツヤツヤの肌（これも素敵）でも、わたしが昨日はいていたヨガパンツ（恥ずかしいけど、でもラクよね？）でもないのだと知っている。

価値のある人間になるためにはもっと何かしなくてはいけない、もっと何かを手に入れてもっとすごい人間にならなくてはいけないと誰もが思っている。だからほしかったものを手に入れても、もっともっとよいものを求め続けなければと考えてしまう。だってそれが、もっと価値のある人間になることだから。もっとよいものがあると思っている限り、そこに終わりはない。

あなたは強い完璧主義や恐怖心のせいで、いつまでたっても自分は十分ではない、十分なことは何もできていないと思っていることだろう。体型や仕事、人生設計に不安を抱き、自分の理想に達していない、自分の奥深くに眠る可能性に見合っていないと思っているかもしれない。しかし、自信に満ちあふれた人生の手前に壁を作っているのが自分自身だということには気づいていないだろう。もしかすると、つまらないこだわりや自分で決めたルール、あるいは家族や親友たちとの付き合いで押しつけられた考え方ややり方に縛られているとは感じてはいるかもしれない。そのままでは、木を見て森を見ず、になってしまう。

この本では、自分には価値があると思うこと、自信を持つことや、自分自身を受け入れることを邪魔しているのは何か、といったテーマについてひも解いていく。心身を整え、いたわるための新しい方法や考え方とともに、邪魔なものをなくす方法についても紹介しよう。

それに取りかかる前に重要なのは、「自負心」という言葉の意味を見直すことだ。わたしは、自負心とは自信や信念、確信、そして自分は自分自身であるという強い思いを生み出すもの、と説明する。自負心は実際、単なる自信以上のものだ――心の奥底に根ざしていて、自分は十分にやれている、正しいことをしているのだから、出世する必要も、もっと何かを成し遂げる必要もない、ただ自分は十分であると思えばいい、と理解している強い信念だ。

なぜそこまで人の目を気にするのか、その理由からやめる方法、人と比べることをせず本来の一番いい自分を出し、自分の価値を知り、完璧主義に阻まれていた新しい考え方を受け入れ、つまらないこだわりをなくす方法まで、全部教えよう。自分はいつまでたっても十分にはなれないかもしれない、という恐れから解放されるお手伝いを、わたしはしたい。目が覚めたときに、エネルギーに満ち、元気よく起きあがれるくらい、心を軽くしよう。ネガティブにクヨクヨと思い悩み、とにかくもっと動かなきゃという気持ちを追いはらい、「おまえは十分じゃない、あの人のようにはなれない」というささやきを消してしまおう。あなたが心の奥底で自分の価値を見出し、あらゆる面で（そう、ありとあらゆる面で！）自分を受け入れ、心の充電を満タンにできるように。もっと価値がある人間だと思われたいという欲求に火がつき、ただ力を回復するべきところなのに欲求を満たすことに力を注いでしまう（だからこそ、価値ある人間だと思われたいという気持ちがしつこく残る）のだと自覚できるよう、じっくり説明しよう。

わたしは自己比較や完璧主義、自負心の低さのせいで自分を追いこんでいる多くの女性から相談を受けている。自分には価値があり、愛され、尊敬されていると感じ、自分自身を大切にできるよう、彼女たちを導いてきた。あなたの助けになれることを思って、ワクワクしている。自分の価値を高めるための頑張りさえなくなれば、自信も、明るさも、人とのつながりも、すぐ手の届くところに見えてくる。あなたは自負心を求めてジタバタしなくてもよくなるし、そのかわりに自分を受け入れ、愛し、今の自分をホメられるようになるということだ。自身の可能性と生きる目的を今より強く感じられるようになれば、自分らしさを認めることが一番大切だと思って毎日を過ごせるだろう。

Contents

第2章 いつも全力で頑張らない

Contents

第3章 自分の道を信じるために

第4章 エネルギーに満ちた人生を送ろう

Theme 1

Theme 2

Contents

Theme 3

Theme 4

第5章

あなたはあなたのままでいい

第1章

なぜ、本当の自分を出せないんだろう？

Theme 1

まわりの人がどう思っているのか、気になる？

かつての自分が、まわりの人にどう思われているかばかり気にしていたことを考えるとゾッとする。他の人から見た自分の姿（たいていの場合それは、こう思われているだろうと自分が思いこんでいる姿）が邪魔して、外の世界へ出ていくことができず、ありのままの自分でいられなかったなんて信じられない。

ふと気がつくと、自分はまわりにどう思われているのだろうと不安になっていることはないだろうか。それはもしかしたら、他の人が自分のことをこう「思って」いるんじゃないかと気にしているのでは？　その思いこみのせいで自負心や自信を失い、人前に出る道を自らふさいでいるからまわりの人とうまくやれないのだ、とは考えられないだろうか？

自分に満足できるようになるためには、何をすればいいのだろう。それとも、自分はどうせ価値がない人間だから、満足なんてしちゃいけないと思っているのだろうか？

自分の一番よいところを表に出すなら、自信に満ち心に余裕を持たなくてはならない。まわりにどう思われているかと心配するあまりに、本当の自分をさらけ出さないよう自分を縛っている縄をほどくのだ。自分はそのままでいいのだと信じ、自負心や自信がないせいで動けなくなっていることに気づいて、そこから抜け出そう。

自分には価値があると思う気持ちは、心のずっと奥底にある。本当の自分でいられれば、まわりの人が言うことなんて気にもならない。自分が自分らしくあることで、心は落ち着いている。人と（あるいは自分自身と）競争する必要なんてない、だって早い者勝ちではないから。もっと言えば、みんな同じなのだ。

みんな同じように感じているだろう。人に見られている、判断されている、見下されているという小さな悩みは、誰の心の中にもある。心のいろんな部分を、奥深くの闇の中までぐるぐると駆けめぐるような不安のことだ。自分のことなのに、口に出す言葉から歩き方、体の動かし方、着こなしや食べ方、仕事ぶりまで、何もかもこれでいいのかと疑問に思ってしまう。自分には人間として足りないところがあるんじゃないか、自分には勇気もガッツも、問題解決する力も幸せもないんじゃないかという不安だ。

もっと上を目指そう、去年よりもっと大きなことを成し遂げよう、友達より上をいこう、同僚を出し抜こうと競争する傾向が、昔からわたしたちの社会にはある。そうやって人を押しのけながら、まわりに認められたい、友人や家族にホメられたいとも思っている。

自分はもっと自信を持てるはずだと思うなら本気で向き合い、無意識に自分を後ずさりさせる、心にかかったクモの巣をはらわなければいけない。この本を読めば、その方法がわかることだろう。

日々の中で、こんなパターンはないだろうか？

◆まわりの人がどう思っているかを常に気にしている。

◆人に好まれそうなキャラを演じてしまう。

◆人から認められるチャンスを常にうかがっている。人のホメ言葉しか信用できない。

◆自分と人とをいつも比べてしまう。その内容がなんであれ、どれほど一生懸命働き努力したときでも、満足できない。

◆グズグズしたり、すぐにやらなかったりしたらちゃんとしていると思えないし、そんな自分を受け入れることができない。ムリにペースを落とすと罪の意識にさいなまれ、他の人にダメな人間だと思われているんじゃないかと思う。

◆心のどこかで、自分の一番の批評家、自分の一番の敵は自分だと思っているが、それは悪いことじゃない、人に認められるためには必死で働かなければいけないと思いこんでいる方がラク。

◆ホメられても、それを素直に受け止められない、あるいはまったく受け入れることができない。

◆自分自身に対してかなり批判的。それは自分に対する期待が高いからだが、別に高くはないし、それが自分にとっての「普通」だと思っている。

◆自分が期待はずれだと他人を批判し、噂を流してしまう。しかし、心のどこかでは、自分の自信のなさが問題で、他の人には関係ないことなのにとウジウジ悩んでいる。

思い当たるところはあっただろうか？　もしあるなら、この本を手に取ったのは正解だ。いつも人のホメ言葉を求めてしまうのは、心の声に耳を貸すことができずにいるからかもしれない。それができれば、力が湧いてきて自分には価値があると思えるし、後ずさりすることもなくなり、自分自身を信じられるのに。今こそ、そんな自分を変えるときだ。

不安はエネルギーのムダ遣い

まわりの人からどうにかしてホメられたいという人は多い。しかし、その気持ちが強いあまりに自負心や自信、自分を受け入れる気持ちをなくしてしまい、自分はこれ以上の価値などないと思いこむことがある。

わたしの場合、自分に価値がないと思いこんでいると、どこにいても何をしていても不安になる。ジムに行けば、ワークアウトのやり方は合っているだろうか、まわりで運動している人に笑われているのではないかと心配している。スクワットがしっかり下までしゃがんでいないとか。友達とのお茶で、彼女はジュースを頼んだのにわたしはコーヒーにしたけど、それってバカにされない？　ヘルシーじゃないと思われたかも？

栄養学のカレッジに入学したときには、わたしは栄養士を目指す人間ならもっとヤセていなくてはいけないのではないかと不安だった。まわりの同級生はわたしの姿を見て、自分がヤセるために栄養学のコースを取ったと思っているのではないだろうか（たしかに、自分がもっとも学びたいものを教えるのが一番だろう――生徒より教師の方がずっと学ぶことになるわけだし)。仕事を依頼されても、わたしの体型を見たら指導内容に疑問を持つのではないかと心配していた。でも驚いたことに、そんなの全部間違いだった！

今は運動療法士で自然療法士でもあるわたしのクリニックに相談に来る人は、体型で苦労してきたわたしのアドバイスだからこそ耳を傾けてくれる。疲労感や燃え尽きから立ち直ったことを知ると、すすめるハーブを喜んで取り入れてくれる。自分には価値がないと思っていた暗い穴から抜け出して、今では明るい世界でイキイキと仕事をしているわたしだから、苦しくつらい思いから解放してくれるに違いないと任せてくれるのだ。

どうすれば不安はなくせる？

不安はエネルギーのムダ遣いだということは、誰でもわかる。しかし、その不安をなくすにはいったいどうすればいい？　そのエネルギーを、かわりにどこへ向ければ自分を信じられるようになり、まわりの人が本当は自分をどう思っているのかなんて気にしないようになれるのだろうか？　本当に大事なのは自分が安心し、幸せで、自分が自分であるという事実に満足することだと信じるには、何をすればいいのだろう？

このムダな不安は、わたしのところに相談に来る人も、わたし自身も経験してきた。精神的にかなりのダメージを受けるし、本当にくたびれる。しかしうれしいことに、もうそんなことはしなくていい。本当のところ、ムダに疲れるだけの不安だらけの道を進んでも、自分の素晴らしさに気づけるわけではないからだ。

だから、不安の姿かたちを変えてしまおう。エネルギーを集中させ、イキイキとした自分に戻って、自分のために作り出した人生を愛する方法を見つけるのだ。そのためには、ただがむしゃらに頑張っても、他の人を無視しても、どうでもいいと投げてしまってもダメ。**どんなことがあっても自分自身を愛し大切にすること。愛情と輝きを、自分の世界と人生に注ぐのだ。それが不安をなくす方法だ。**

わたしはずっと、成果に強いプライドを持っていた。しかし、目標を目指す中で自分は十分に努力できていないと感じたときには、心の中の完璧主義者にもっとできると思わされ、さらに成果を上げるためにムリを重ねた。それでうまくいくこともあったが、わたしとは何者なのか、何も成果を出せないのではないか、他の人はそんな自分をどう思っているのかとよけいに不安になり、目標にたどり着く前に燃え尽きてしまうことの方が多かった。

こんな言葉を知っているだろうか。「誰かが自分をどう思っているかなんて、自分には関係ないじゃないか?」わたしはこの言葉を初めて聞いたとき、心の中にパッと灯りがともった気分だった。本当にその通りだ、そう気づいた瞬間に何かがわたしの中ではっきり変わった。

他の人にどう思われているのだろうという不安や心配は仕事の場だけではなく、自分の体型や友人関係、恋愛にも及んだ。わたしは子どもの頃から友達が多かったものの、相手にどう思われているかはいつも不安だった。ある晴れた夏の日、みんなでビーチに出かける準備をしていたときのことをよく覚えている。友達はみんな、スラリとした体つきだったから、ビキニを着て一緒に並ぶと思うととても不安だった。わたしだけ、お腹がぽっこりしていると笑われるかもしれないと心配だったのだ。

行こうか行くまいか迷っているうちに、わたしはハッと気がついた。こうやって、自負心や自信がないせいで、同じような場面を何度も経験してきた。もう、こんなふうにあきらめるのは嫌だ。わたしは思い切ってビーチへ行った。自分が思うほど、人は自分のことを見ていないものだと何度も自分に言い聞かせ、大きく深呼吸をして自分をホメ、気持ちを落ち着かせた。友達だって、自分と同じように体型を気にしているかもしれない、と考えたりもした（いいことではないかもしれないけれど、自分が人にどう思われているかという考えから気持ちを引き離すには役に立った）。

そして、どうなったかって？　わたしはビーチに行き、素敵な一日を過ごした。世界の終わりにはならなかったし、誰もわたしをジロジロ見てはいなかった。みんなで泳ぎ、おしゃべりをして笑いあい、雑誌を読んだり、ジュースを飲んだり、本当にオーストラリアらしい夏の一日を心から楽しんだ。不安な気持ちに負けていたら、わたしはこんなに楽しいこと（シドニーに住んでいれば、そんなお楽しみはいくらでも待っている）をみすみす逃すところだったのだ。

自分の中の批評家の声を消そう

思いこみ（他の人が自分を手厳しく非難しているという考えも含めて）のせいで、わたしたちはいろんな面でムリをしている。自分にはまだ努力が足りない、まだ十分じゃないと思ってばかりいると、心の中にいる批評家はどんどん生意気に、強い口調になっていく。

しかし、そのうちに（まさに今がそうだといいのだけれど――善は急げ、でしょ？）自分が一番ホメてほしい相手は自分自身だと、ふと気づくときが来る。そこでもう一歩進んで新しいパターンを作り、自分にとってそれが一番だと思えれば、そこから人生は大きく変わる。

逆に言えば、自分をダメにしている不安と今、向き合わなければ必ず壁にぶち当たる。大したことのない壁に見えるかもしれないが、そんなことはない。その壁の向こうにあるのは、感情の不協和音を起こす道だ。そこでようやく、ムリをして戦っても、自分の不安をごまかしているだけで本当になりたい自分になれる道にはたどり着けない、と悟るのである。

これまで不安のために使っていたエネルギーをすべて集めれば、どれほどのことができるだろうか。以前とは違って、より多くのエネルギーを自分や愛する人のために使えるのだ。そうすれば、自分には足りないものなんて何もない、と堂々と言えるようになるだろう。不安や古い考え方を捨て、そのかわりにもっと素敵で意義のあること、たとえば自信や明るさ、勇気を手にするのだ。

大きな声を上げると決心すれば、自分の中にいる批評家の怒鳴り声なんて消してしまえる。ドラムのように鳴り響く自信に、それを励ますやさしい歌声、力がみなぎる美しいコーラスが入れば、自分を責める声なんて聞こえないほど小さくできる。他の人が自分をどう思っているかなんて、誰にもわからない。ことわざにある通り、「そんなものは自分に関係ない」。自分が本当にホメてもらいたい相手は、自分だけなのだから。

考えてみれば、それを「見つける」というのもおかしな話だ。探す必要などない。自分の中にすでにあるものを、ちゃんと見ればいいだけのこと。自分自身は、いつも（いつでも！）そこにいる。

Theme 2

不安の正体を探ろう

不安は百害あって一理なし

自分がやれるかどうかを不安がることも、前に進もうとする自分を足止めする。たとえ安心感や確信を持っていても、人がどう思っているのかということを不安に思えば、間違いなく進む道を誤る。自分らしさの軸に、傷をつけるとも言える。だから不安になればなるほど、自負心を傷つけ、本当の自分を取り戻せなくなってしまう。そんな悪いことだらけの不安をなくすには、その正体を知るのが一番だ。人は、正体がわからないものを恐怖に感じがちなのだ。だから、この章ではそれを探るための問いかけに答えていってほしい。

もし、自分を信じられたら?

自分は全然うまくやれていないとか、あるいは誰かのようにはなれないと悩んでいると、自分には価値がないという思いこみをなくすことはできない。そのせいで、よけいに自分には価値がないと思い、頭の中が混乱してパニックになり、つまらないヤツという雰囲気を漂わせることになる。どうして、そんなに悩んでいるのだろう？　いつものこと？　そうやって悩んでいればうまくいくのだろうか？　それで自分が豊かな人間になり、目標に近づき、収入が増えるというの？

不安を追い出すために、問いかけに答えてみよう。この本では何度かこのように質問を投げかけるので、ノートに思ったことや気づいたことを書きとめてほしい。さて、ノートを開いたら以下の質問に答えてみよう。

◆もし、自分をちゃんと信じて、他の人がどう思うかなんて気にしなくなったら、どんなことが起こるだろう、あるいは何ができるようになるだろう？
◆自分を信じられないように、自分を押さえつけているのは何？
◆もし自分を信じられたら、人生はどんなふうに感じられるだろう、あるいは、自分はどう変わるだろう？

◆どうしてまわりの人にどう思われるかを、そんなに怖れているの？

何を不安に思っているの？

不安に思っていること自体は、あとから思えばそれほど重要でなかったり、絶対起こりそうもないことだったりする。それでも、もしそうなったらどうしようと心配してしまうのだ。ここでも、自分に質問してみよう。

◆本当に不安なことは何？
◆どうしてそれがそんなに気になるの？
◆その不安は現実になりそう？　もしそうなったとしたら、そこから起こる最悪の事態は何？　想像していた最悪の事態が起こったとしたら、自分はどうする？　どうやって切り抜ける？
◆その状況に何か対処法はある？　不安のあまりパニックになったり、まわりの人にそれを知られずにできる方法は？

誰を気にしているの？

これは大きな問題である。まわりの人にどう思われるかと不安に思うとき、それは主に誰のことだろう？　どうしてそんなに、その人たちが気になるの？　憧れているから？　尊敬していて、自分を見てもらいたい？　威圧されて緊張しているのかもしれないし、あるいは単に彼らのまわりにいるのが楽しくて、もっと仲よくなりたいのかもしれない。ここで自分に質問してみよう。

◆自分が「気になる」人は誰だろう？
◆どうして自分は、その人ばかり気にするのだろう？　それはどうして？　たとえば、その人に憧れていてもっと近づきたいから？　それとも相手のことは怖いけれど、協力が必要？　仲間付き合いをしてほしい？　好きになってもらいたい？
◆その状況で、あるいはその人が目の前にいるときに、もっと落ち着いているためにはどうすればいいだろう？
◆その人に対する恐怖心を、どうすればなくせるだろう？

まわりの人たちが自分をどう思っているかが気になるのは、子どもの頃に原因がある場合もある。家族がみな、人の言葉を気にしていたり、人がどう思っているかとばかり考えていたりしたのかもしれない。それがあなたの育ってきた環境や、友達付き合いでは当たり前だったのだろう。「一歩進んでもいいんだ」と思うためには、自分で自分を認めるよりも、まず他の人にホメてもらわなくてはならなかったのかもしれない。

人にホメてもらうことは一時的には効果があるかもしれないが、いつまでも続きはしない。自負心というものは特別で、自分で育てていかなくてはならないからだ。他の人のホメ言葉を燃料にすることはできない。自分のエネルギーは自分にしか補給できないから。他の人のものではダメなのだ。

質問に答えると不安の正体に気づけるし、可視化するだけで解消するものも多い。そして、体と心にエネルギーと自信を吹きこみ、自分の価値を思い出させることを日々の生活の中に取り入れなければ、自分はまだ十分なことができない、まわりの人は自分をどう思っているのだろうと不安に感じる悪循環をいつまでもくり返すだけだ。

Theme 3

自分の流れでやろう

柔軟な心になろう

他の人が自分をどう思っているかと不安に思い、ネガティブになるかわりに、自分の本当の可能性をしっかりと見つめられれば、新しい考え方を受け入れることがきっとできる。何をするときでも、自分を信じるという感覚を持てるだろう。

ネガティブな考え方とは何か、もうおわかりだろう――型通りに考えるということだ。同じ型を何度も何度もくり返すことに、心が縛られている。そのくり返しを断ち切り、もっと軽く、自立した考え方ができるように柔軟な心に変えていこう。そうすれば、自分を信じられるはずだ。

変えなければいけないこと

人間として、自分にどれほど価値があるのかということを存分に感じるためにムリをしたり自分を大きく見せたり、あれこれ手に入れたりする必要はない。まわりの人は自分をどう思っているか、または自分は世間にどのように思われているかという思いこみをなくす方法は四つある。わたしはそれを、頭文字から「ＦＬＯＷ（流れ）」と呼んでいる。

1・Follow：自分の道を進む
2・Let go：自分の思いこみを捨てる
3・Open：新しい姿勢やパターンを受け入れる
4・Work：自分が手にしているものを活用する

この四つを見直すことで、心の動きを邪魔されたり、まわりの人は自分をこう思っているのでは（ほとんどの場合はそう思っていないが）といつまでも不安に思ったりすることはなくなるだろう。ここから、これらを順番に見ていこう。読み進めながら、この新しいやり方で自分ならどうするか、そしてそこから自分が得られる経験について考えてみてほしい。そばにノートを置いて、考えたことや気づいたことをメモしておこう。

1・自分の道を進む

自分で前に進んだり、自分で新たな道を作ったりすることは、ときに不安になるものだ。だって、自分の前にはすでに他の人が作った道が伸びているから。それは自分の家に代々伝わる道というケースもある。たとえば父親が会計士で、その父親もそのまた父親も会計士という場合。そこに生まれた子どもが突然アートを勉強したいなどと言い出したら、家庭は大混乱、非難ごうごうだろう。

まわりの人が思っている自分の姿は簡単には変えられないが、自分で自分の道を選ぶと決めたら、人の期待に応えられないという不安は捨てられるものだ。

自分で選んだ道がまわりに理解されなくても、それでいい。自分の決断を中心に考えれば、目指すものや目的ははっきりと見えるようになる。そうすれば、自分の道を進むことはずっとラクになる。それで他の人が幸せか不幸かなんて、どうでもいいのだ。

2・自分の思いこみを捨てる

思いこみはただの虚像だ。そこが一番安全に思えるのは、今いる場所から動きたくない自分がする言い訳である。**思いこみを捨てれば不安はなくなる。**不安がなくなれば、それを燃料にして燃えている、もっと価値のある人だと思われたいという欲求も消えるだろう。他の人がこう思っているだろうという考えは自分の勝手な思いこみで、コミュニケーション不足が原因である。思いこみを全部捨てれば、他の人がどう思っているかを気にしない方がラクだと気づくだろう。

そうするために、魔法は何も必要ない。わたしの場合は、自分はまわりの人の意見ばかり気にしていると気づき、自尊心と自負心、自信を高めたことで、思いこみを捨てられた。そして、その方法はすべて、この本の中で紹介していく。

3・新しい姿勢ややり方を受け入れる

思いこみを捨てるのと同じように、まわりの人とのコミュニケーションを受け入れ、新しいやり方や、それが心にすっと入るような余裕を持つことも大きな一歩になる。

新しい姿勢とは、何かを悪い方に思いこんだきっかけをよく考えてみるということかもしれない。誰かに嫌われていると思うのは、何がきっかけだろう？　自分といることを、あるいは自分と一緒に仕事をすることを相手が嫌がっているのではと不安になったのは、何が原因だろう？　相手の顔に浮かんだ一瞬の表情？　嫌な顔をされたと思ったその表情はもしかしたら、ああ、あのシャツまだクリーニングから取ってきてないのにもう閉店時間だ、と思っただけかもしれない。

思いこみと人や自分が取る態度は大きく関連している。壁を作られたり、自分で壁を作ったりしたときにちゃんと元通りにすることが大切なのだから、もっと前向きな新しいやり方を考えて、素直にそれを実践できるようにしよう。

4・何かを手に入れることで好かれることはない

他の人が自分をどう思っているかという不安の多くは、自尊心や自己信頼、自負心があれば発生しない。

「もしわたしがもっと○○を持っていたら、彼女はもっとわたしを好きになってくれるのに」とか、「○○がないから、彼はわたしを魅力的だと思ってくれない」とか思うことは多いのではないだろうか？　○○は人格や感情、体のパーツだったり、物質だったりすることもある。しかし、わたしたちは自分が持てるだけのものしか持っていない。だから「○○」がないのは、自分には必要がないからなのだ（今も、これからも）。

もっと何か（なんでも！）を持っていればもっと好かれる、もっと人気者になれると思いこむのはやめ、自分に今必要なものはすべて持っていると信じることから始めよう。もっと必要ならば、いずれ手に入る。今あるもので頑張って、何もかも手に入れればもっといい人間になれるわけではないと気づこう。そのためには、今すぐ始めることだ。何かを手に入れても認識や態度は変わらない。それを変えられるのは、自分だけなのだ。

自分がどう思われているかという不安の根底には何があるか、少しはわかったことだろう。では次の章で、自分と他人を常に比べることで起こる感情の衝突をどうなくすかを見ていこう。

第2章

いつも全力で頑張らない

Theme 1

頑張ることはやめられる

ここまでで、完璧主義や自負心の低さ、上に行くためにもっと頑張らなければという気持ちを変えることが、この本の大きなテーマであることはわかったと思う。ここからは、自分や人を愛し、日々自分を際立たせる方法を知って、これまでのやり方や態度を変え、新しい考え方を取り入れるという段階になる。

ここまで読んでくれれば、今までのようにがむしゃらに、いつも全力で必死に頑張らなくてもよいという考えに少しは変わっていることだろう。達成したいと思う目標を設定したとき、どのように展開していこうか前もって考えているだろうか？　このように進めたいという方法はいつも同じ？　夢や欲望、成果や目標にこだわりすぎていると感じることはある？　思ったような形で目標が達成できなかったら不安になる？　未来はどうなるかわからないからと、一分一秒まで自分でコントロールしようと思っていない？

今の質問に一つでもイエスがついた人は、頑張りすぎと完璧主義、コントロール、こだわりの世界に足を突っこんでいる。自分の夢や目標のためにすべてをコントロールし、ハンドルをしっかり握っているはずだったのに、思い通りに進まなかったり、夢見たのとは違ったりして愕然とする気分はよくわかる。

過去には、わたしも頑張りすぎていた。自分で気がつくこともあったが、気がつかないときには自動運転のようにひたすら頑張った。自分に厳しくしていることに気づいていないのだから、手をゆるめることなんてできるわけがないだろう？

自分や人の愛情や尊敬がほしくて頑張ってしまう場合も、やっていることは同じだ。目標を設定し、それに向かって走り、達成できなければ打ちひしがれ、努力が足りないと自分を痛めつけ、なじり、罰する。目標が仕事でも、体重でも、価値でも、それは変わらない。

今なら、もっといい方法を知っている。毎日ちゃんと自分を理解していれば、自分が進んでいく中でどれくらい成長し、成果を上げられるかがわかる。ゴール地点で、テープを切ることのない自分をじっと待っていたりはしない。

壊れるまで頑張ること、それでどれほどつらい思いをするかを経験した今のわたしなら、どう対処すればいいのかは知っている。これまでのやり方や考え方を捨てる方法を教えよう。ムリをして頑張れば自分に価値があると思えるわけではない……むしろ、価値がないと思えてしまうのだ。もうこんなことはやめようと自分で決心するまで、いつまでも続く。

先の章で見てきたように、自分の価値はあとから手に入れることも、なくすこともできない。しかしわたしもこれまで、もうちょっと頑張ればうまくいくという間違った考えに賭けてみたことが何度もある。賭けに負けては傷つき、頭の中がめちゃくちゃになる。

ムリをして頑張れば心が軽くなるわけでも、何かがはっきりするわけでもないし、頑張ったからシンプルで落ち着いた楽しい人生を送れるわけでもない。むしろその逆で、頑張りすぎると一歩退くことに喜びを感じ、搾り取られればやっぱりそうじゃないかと胸を張り、全力でやり続けてハイになり、疲弊してしまうのだ。

完璧主義の考え方で頑張れば、完璧になるのだろうか？

『「ネガティブな感情」の魔法：「悩み」や「不安」を希望に変える十の方法』（三笠書房）の著者ブレネー・ブラウンは、完璧主義とは自分のベストを尽くすために頑張ることでも、自分をよりよくしようとすることでもないと言っている。頑張りすぎることは自分を壊すことであり、そこに完璧はないのだという。

「完璧主義は自己破壊であり、もし自分が完璧に見えたら、完璧な人生を送れたら、何もかも完璧にできたら、恥ずかしさとか、自分を批判したり責めたりするつらい気持ちもなくなる……という幼稚な気持ちに油を注いでしつこく信じ続けるシステムだ」

自分は何をやっても完璧には程遠いと思いこんでしまうのは、完璧を求めて頑張りすぎるせいだ。心のどこかで「美女と野獣」的な考え方をしている——自分の人生をよりよくするには、自分に厳しくするしかないと思いこんでいるのだ。疲れても休むなと自分を叱咤激励し、精神的に参ったり感情が不安定になったりしても休憩させない。ケガをするまで体を疲れさせ、何も考えられなくなり後悔ばかり、苦しくて涙を流している。少しペースを落として休みたい、もっと自分にやさしく、気持ちに寄り添いたいと思っても、罪の意識や悲しみ、恥の意識に負けてしまう。

わたしはそんな人生を送りたくはないし、あなたにもそうなってほしくはない。頑張らなくていいと知ってもらいたい。あなたは今のままのあなたでいい。一歩下がって凝り固まった気持ちをゆるめ、「流れ」に身を任せてみたら（そう、これが「流れ」？って思うでしょう）、物事は思っていたよりずっとうまくいくようになるものだ。そこで、自分に、こんな質問をしてみよう。

◆なんのために頑張っているの？
◆それは自分の人生に、どう影響する？
◆もし、完璧とは言えなくとも申し分のない自分でいられれば幸せだとしたら、どうだろう？
◆どうしたら、自分にもう少しやさしくなれるだろう？　今度、心の中の完璧主義者が自分自身をコントロールしようとしたら、自分になんて言えばいいだろう？

心の中の完璧主義者は、体にも悪影響を及ぼす

ずっと頑張りすぎてもうヘトヘトだ、と（口に出したりはしないけれど）思っている自

分に気づいたことはないだろうか？　わたしにはある。実際、ストレスがたまりすぎて動悸がひどくなっているのに、ムチャをして頑張っている自分に気づかずにいたこともある。

そのときは、いろんな要因が重なっていた。事業を立ちあげて数年目、そのかたわらで大学院で栄養学と運動療法を学んでいた。クリニックで面談をし、オンラインセミナーを運営し、新たな講座を作成しながら、企業のイベントで講演も行っていた。噛めないほどたくさん口に押しこんだような状態とでも言おうか。そんな状態でわたしはムリにでも全部まとめて噛もうとしていて、のどが詰まる寸前だったのだ。

何事も完璧にしたいと思うあまり、わたしは必要もなく期待されてもいないことに時間をかけて取り組んだ。大きなイベントでスピーチの仕事が入ったとき、幹事からケータリングのメニューを見てほしいと言われたわたしは、料理全般を取り仕切ったうえ、ヘルシーで栄養バランスが整った料理にするよう指導を徹底した。

最初のうちはとても楽しかった。しかし早々に、自分には手に負えないほど仕事を抱えこんだことに気づく。わたしはイベントコーディネーターではない（なりたいとも思わない)。しかし、かなり深くまで関わったことでスケジュールを相当詰めこまなくてはならなかったうえ、業者との打ち合わせやメニュー作り、あちこちとの調整にかかった時間に報酬は出ず、準備が終わる頃には大きく後悔していたし、ストレスがたまっていた。

イベントが近づくにつれ、心臓の動悸はひどくなっていった。心臓病の専門医を受診し、二十四時間にわたって心電図をつけて検査してもらった。幸い何事もなかったが、わたしはストレスには多くの要因があること、頑張りすぎればストレスは大きくなるということに気づいたのだった。

そしてイベント当日、帰宅するタクシーの中でわたしはホッと安心していた。それは、イベントが終わったからではない。もう二度とこういうことをしないと心に決めたからだ。わたしは自分にできること以上に手を広げ、そのせいで自分自身を消耗させてしまっていたのだ。

完璧主義や頑張りすぎが、自分にどんな影響を与えているだろう? あなたの体は休息や共感、やさしさを求めてはいないか? 実際、それは自分でいくらでもできることだ。

あとの章で、燃え尽きや境界線、疲労については詳しく見ていく。しかし頑張りすぎが体や精神、感情、魂にまで影響を及ぼすということは知っておいていいだろう。

Theme 2

ゴールラインを動かさない

頑張り続けることとは、そのままではいつまでも終われない。あなたが目標を達成するたびに、自分はもっとやれるとばかりに「ゴールラインを動かし続ける」人なら、われわれの仲間入りだ！「ゴールライン動かしクラブ」とでも名づけようか。活動は毎日、いつでも、退会なし！　入会資格は、次の通り。

◆自分にとても厳しいこと。
◆どれだけやっても、十分ではないと思っていること。
◆常に自分にムリをさせていること（平日・休日を問わず、一つめ、二つめ、三つめと目標を達成してもなお残る疲労感やブレインフォグ（訳注：頭がボーッとしてしまう症状）、いつもいっぱいいっぱい、ケガ、病気）。
◆しょっちゅうゴールラインを動かし続けていること、それもスタートする前から。

◆ゴールに届かないと言っていては、自分を叱りつけていること（正直に言おう、ずっとゴールを動かしていたら届くわけがない、そうでしょ？）。

入会できそうだって？　やっぱりクラブはやめにしよう。実に残念だが、あなたは最高の自分になりたいはずだ。このクラブのメンバーになっても何も楽しいことはないし、いつまでも続きはしない。いいことなどなく、いい自分になれることもない。

目標を持つなということではない。成功を祝うなとか、一つ何かを達成しても次の目標を作るなということでもない。ここで言いたいのは、いつまでも安定しないグラウンドで、自分が何をどれくらいやったかもわからないまま走り続けるべきではないということだ。

そろそろ、**自分の成し遂げたことを誇りに思い、自分をホメたり、ちょっと休憩してご褒美をもらってもいいのではないだろうか。そうすることでゴールラインを動かさなくていいと自分に言えたら、そこでやっと頑張ることをやめられるだろう。**

頑張りすぎる人にすすめている方法は、難しい目標のかわりに意志をまんなかに置き、そこに共感や我慢、信頼を添えることだ（もちろん、わたしにも効果があった）。

『The Desire Map』（やりたいことの地図／日本未訳）の著者、ダニエル・ラポートは「やりたいことの地図」(デザイアー・マップ)を作るという素晴らしいアイデアを提案している。目標を設定するのではなく、自分がどう感じたいのかを考え、そのために行動するというものだ。

地図を作ってもいいし、意志を決め本当の願望(あるいは、もっといいもの)をはっきりさせれば、今まで先を急ぐあまり何も知らず見逃していたかもしれないものがたくさん、自分の方へ向かってくることに気づけるだろう。

次からは、意志の設定について見ていこう。そして人生の楽しみの作り方を見つけよう。だって人生は、本当に楽しいものなのだから。

Theme 3

意志を設定する

頑張っても戦ってもさらに面倒なことになるなら、どうすればいいのだろうか？　答えは意志を設定し、明確にすることだ。手に入れたものを入れる場所を作ることだ。それができれば、素晴らしい、素敵な出来事が自分のために起こるのだ。流れに乗り、よけいなものをなくし、今いるその場所を愛することができる。信じる気持ちと、知恵と、直感がそこにある。自分が進むべき道をちゃんと進んでいると知り、自分に起こることの意味を信じ、今手にしていないものは、ただ手の中にないというだけのことだと思える……今はまだ。ないこともまた、自分のためなのだ。

意志の設定といっても、ピンとこない人もいるだろう。素敵な人生を送るためのよい方法だ。この章では、自負心と自信、信頼、誠実さに満ちた人生を送るために、意志を設定する方法を紹介しよう。

意志を明確にする

わたしは、意志の設定を月の満ち欠けに合わせるようにしている。古来より、満月の日はよけいなものを捨てるのに最適とされている。一方、新月は新しい意志を設定し、いずれ手に入れたいと思うものの種をまくのに最適である。月の満ち欠けに合わせ、次のように行う。

◆新月

新月の気を取り入れる瞑想を行い、明らかにしたいと思うことを念頭に置く。ジャーナリング(訳注：考えていることを思いつくままにノートや紙に書き出すこと)をして、自分が目指す目標や意志を書き出しておく。成果をもとにした内容にならないようにしよう。たとえば「オンライン講座に五十人の申しこみがありますように」ではなく、「オンライン講座に最大の人数が申しこんでくれるよう、わたしは百パーセントの力を尽くします」といったように。

◆満月

なくしたいと思うものを書き出しておき、もう必要のないものは手放して構わないのだと意志を設定する（考え方や、抱えている問題、気にする必要のない状況など）。同時に、ある種のエネルギーヒーリングも行うこともある。運動療法で平衡感覚を整えるか、鍼灸や運動療法の診療を受けるか、かかりつけのヒーラーにレイキ療法をしてもらうかしたのち、エプソム塩（訳注：硫酸マグネシウム。欧米ではバスソルトとして普及している）を入れて長めの入浴をし、いつもの瞑想を長めに行い、ジャーナリングをして、マッサージに行くか、自然の中をゆっくり散歩する。そこまでできないときは、エプソム塩のお風呂と、長めの瞑想とジャーナリング、それにマッサージか散歩をする。

このようにして、心地よく、もう必要のないものをなくしてしまえば、余裕が生まれる。自分にはどんな効果があるか、ぜひ試してみてほしい。

意志を設定したら手を加えない

意志というものは、明らかにすればちゃんと自分に届くものである。古きよき郵便システムのようなものだと思ってほしい。手紙がA地点からB地点へ行くのにどんな方法を取っているのか詳しく知らなくても、送ればちゃんと宛先に届くと信じているだろう。

おそらく、今よりいいものが自分のところに届くだろう。自分が求めていたもののようには見えなくても、必ず自分のためになる。思っていたタイミングではないかもしれないが、それは天の定めだ。内緒で教えよう。天のタイミングは、いつも間違いない。

願望を実現するための余裕を作る

わたしに相談に来たある人は、お金について大きな不安を抱えていた。貯金が足りないと心配していて、どんなに稼いでも十分だと思えないという。

そこで、わたしはまずこう聞いた。「貯金用の口座は持っていますか？」彼女は驚いた顔をして、それから微笑み、そのあとはみるみるうちに何かに気づいた表情に変わった。

「持っていないわ」

わたしも彼女も、同じことを考えていた。貯金したいと言いながら貯金のための口座がないなんて、いったいどうやって貯めるつもりだったの？　彼女はその週のうちに、貯金専用の口座を開いた。その次に会ったとき、彼女はお金についてすっかり自信を取り戻し、貯金の才能がありそうだと言っていた。

「自然は真空を嫌う」ということわざがある。スペースを作ると、何かがそこを埋めてくれるのだ。裏を返せば、スペースがなければ、何も入れられないということではないだろうか？　自分のしたいことがはっきりしていても、人生の中でそのためのスペースがなければ、どうしたらいい？　スペースはどうやって作ればいい？

パソコンから顔を上げたところに、わたしは自分で書いたピンク色の付箋を貼っている。ダニエル・ラポートの言葉だ。「必ずやってくる愛のために、場所を空けておきましょう」

わたしはそれを毎日見ている。そして**スペースを空けよう、きれいにしよう、自分が求めるものに手を伸ばそうと心に留める。そう意識するだけでも、スペースはできていく**ものなのだ。

期待をなくす

昨晩、出版記念パーティーで偶然ある友人と一緒になった。話しているうちに、「期待」というワードが話題になった。同じ業界にいるので二人とも世界中から来た、それぞれ状況の違う女性たちの自分探し、自負心探しをコーチングしている。わたしたちの仕事ってどれだけ期待しないかにかかっているわよねと言って、二人で同時に吹き出して笑った。上手な意志の設定の基礎となるのはそういうことだ。明確な意志を持ち、それに全力で打ちこみ、取り組んで、最後に手を離すこと。

この本の企画書を提案したとき、わたしはその先を期待しなかった。提案はした、あとはなるようになる。この本を出すべきだと本気で思ってはいたが、だからといって目標を決めたり成果を予測したりはしなかった。こだわりすぎず、本を作るかどうかで一年の計画を左右されないようにした。本のことで頭をいっぱいにせず、これがダメなら何もかも台なしだ、などと考えたりしないようにした。

意志を設定し、提示し、前向きに努力して、自分の考えを信じ、手を離して、どんな形であれ自分のところに戻ってきたならば、それが自分に見合ったものだと考える。

簡単なことに聞こえるかもしれないが、こうなるだろうという期待はいくらでも膨らんで複雑になるもので、その結果ひどい落胆を味わうことになる。それより自分にこう言い聞かせることだ。「わたしは◯◯（意志）か、それよりもっといいもののために努力をした」

「もっといいもののために」と言えば、思ったのとは違った結果になっても、それは自分自身や魂、自分の人生をよりよくするためだと思える。「もっといいもののために」と言えば、がっかりすることもなく、満足できるだろう。「もっといいもののために」と言うことで、なんでも自分の思い通りにはいかないと納得できるのである。それはいずれ、必要だったとわかるはずだ、そのときにはそうと思えなくても。

手を離した方がラクになる

自分がどんな人間かを証明し続けることはないし、自分は価値のある人間だと思うために必死で目標を目指さなくともよい。自分はこのままでよいと思えたら、今のままの自分が自分らしいと受け入れられる。誤解されがちだが、**自分を受け入れることは学びや成長、前進、新たな目標の達成をやめるわけではない。目標で自分を評価する悪癖がなくなるということだ。**自分が自分であるだけで、ご褒美をあげていい。自分が自分らしいからこそ、自分を愛せるのだ。自分は完璧だとは言えなくとも申し分ないと理解し、それこそが自分自身に見合っていると気づくことだ。

意志を設定し、期待をなくし、流れのままに自分なりの方法を見つければ、揚げ足を取ったり、完璧を求めたり、頑張りすぎたり自分を貶めたりすることなく、自分自身で成長し、発展し、前に進んでいけるだろう。

そこから、野心を持ち成功を目指すこともできる。目標を作り、意志を設定し、それに向かって努力する。それでも、ちゃんと自分らしい自分でいられる。ムリをしたり、頑張りすぎたり、もがいたりするのではなく、自分には価値があると思い、自立心と直感を持ってそうしなくてはならない。

自分自身を本当に受け入れ、本当の自分の気持ちに寄り添うことができただろうか。大変な作業だったかもしれない。本当は、もっとラクにそうできる。その方法を、このあとは考えていこう。次の章では、自分との向き合い方や、本当は自分のことをどう思っているかについて詳しく調べる。まずはお茶でもいれて、そこから始めようか。

Theme 4

もがくことと、戦わないこと……
どっちが勝ちだろう？

能力を試される時期を乗り越えると、自分がどのように時間やエネルギーを管理しているか、また自分がどのように考えて行動しているかを見直さなくてはならなくなる。もがいている方が、自分が「牛の角をつかむ（勇敢に立ち向かう）」ように頑張っていると思えるし、状況や成果などいろいろなものをコントロールすることが自分のためになっていると思えてラクなこともある。

しかしおもしろいことに、ずっともがき続けていると、物事がはっきりと見えなくなったり、もがくことが自然で、それが当たり前だと思ったりしてしまう。だって、自分の考え方を向上させる必要があると考えていなければ、向上させられないだろう？　とか、もがけば思い通りの成果を上げられるとか、考えるのだ。そうすると、思い通りにならなかった過去の状況や出来事にこだわり（自分が柔軟に対応していれば、うまくいったはずなのに）、そのことばかり気にして、縛られてしまう。あるいは、現在の状況と戦えば、過去を変えられると思っている。自分の気持ちに寄り添うことも自分を許すこともできずに、もがいている人はわたしが診た人の中にもたくさんいる。そういう人は、親しい人に指摘されても、すぐにこう言い返してしまう。「わかってないわね、わたしは忘れようとしてるのに」「肩の力を抜いてなんて言うのは簡単よね、人の気も知らないくせに！」と。

状況や自分自身に抵抗せず、戦わず、コントロールもしないのは逆効果に思えるかもしれないが、その中にこそ自分の流れや真の自立のためのカギが隠れている。自分の力でコントロールできるものは世の中にそれほど多くないが、自分の考えならどうにかすることができる。自分の考えをコントロールすると言いたくないのは、なんとなくネガティブな感じを与えるからだ。だから、一歩下がって広い視野で物事を見てみよう。コントロールばかり優先するのではなく、長い目で見た最良の方法がわかるはずだ。

戦うことは、やめられる

もがくのをやめ、流れに乗ってみよう。自分自身をいじめたり、つらく当たったりするのではなく、自分がすべての原因だと思い詰めるのでもなく、ただやめてしまえばいい。

わたし自身もそうしてきたので、もがいたり戦ったりするのをやめることがとてもつらいのはよく知っている。しかし必ずできるし、必要なことであり、何より、やめられれば癒される。実は、**もがくのをやめるとは、心の底から癒されることなのだ。**何かにこだわるのはその時間に根を下ろすことで、そこに留まっていては何も達成できないし、得るものもない。その場所に深く根を張り、まわりとのつながりを求めなくなる。こだわり、間違った方向に根を張ることと、自己の上にしっかり立つということはまったく違う。誰も歓迎しない、誰にも求められない思考の森を作りあげ、その森はどんどん深く絡み合って、自分自身にすら出口がわからなくなる。戦わなければ求めるものを手に入れられないと思いがちだが、天は何度でも、素敵な、意外な方法でほしかったものを与えてくれる。

戦わないために自己暗示に使える言葉を挙げておく。短い瞑想のガイドとしてもいいし、書きとめておいたり、付箋にして毎日目にするところに貼ったりしてもよいだろう。

戦わないための自己暗示

◆わたしは戦わない。

◆わたしは、やめる。
◆わたしは、自分がいるべき場所にちゃんといると信じている。
◆わたしは、自分の意志がもっとまわりにつながり、導き、支え、地に足がついた自分にしてくれると信じているし、自分がこの道に導かれてきたのは、それが自分にとって進むべき正しい道だからだとわかっている。
◆わたしは、自分の中の自分らしい自分をより高めるために、成長や変化を知っている。自分のためにはならないものはすべてやめる。サッとやめる方が、自分にとっては安全である。流れのままにやめてしまうことは、わたしにとって簡単なことだ。
◆わたしは、自分自身を愛し、許している。

毎日、朝と夜にこの自己暗示を自分が心地よく感じるまで唱えてみよう。そのあと、以前に比べて違って感じられたことなど、自由に日記に書き出してみよう。そのとき思い浮かんだことは、どんな内容でも自分にとって完璧なものだし、それで少しは癒されているはずだ(少しは、どころかかなりという場合もある)。

Theme 5

自分自身を受け入れている？

かつてのわたしは、自分のことを受け入れられず、自分を愛すること――なんて怖い言葉――ができなかった。自分を受け入れるという考えすら、まったく理解できなかった。それが自分の個性や状況、特に体のことに関係するということもわかっていなかった。ヤセていて、健康で、元気いっぱいでなければ、自分の体に満足できるはずがないと思っていて（ヤセていなければ元気ではいられないだろうとは思う）、自分が満足できる自分自身に変わったら、自分を受け入れられるのだと思っていた。そのままの自分をホメるのは、成長や進化を止め、ヤセた体も健康も、明るい肌ツヤもあきらめることで、そんなことできないと思っていた。

「自分自身を受け入れなさい、今の状況を受け入れなさい」とか、特に「自分の体をあるがままに受け入れなさい」と言われて、ものすごく傷ついたことを覚えている。そのままの自分を受け入れることは、なりたい自分や、こうなるだろうと思っている自分にはもうなれない、つまり自分はもう向上しないという意味だと思ったのだ。だから、自分を受け入れたくなどなかった。そうすることがどうして、より多くの幸せや、何かを成し遂げることにつながるの？　そうは思えない、と。完璧主義者にとって恐ろしいことの一つは、今よりよくならないという考えだ。しかし実は違う。自分を動けなくしているのは、自分を受け入れられないからだ。

どんな場所にいて何をやっていても自分を受け入れられないのは、人生に「一時停止」ボタンを押すのと同じである。それをやめ、心の奥にある闇の下で静かに待っている光を見つけるには、自ら動き、愛し、自分を大切にしなくてはならない。そのためにするべきなのは、頑張ることではない。受け入れることである。

自分を受け入れられるようになるということは、もうこれ以上できないと自分に言うことではない。勇気を振り絞って、もう十分にやってきたと自分に言うことなのだ。

これには、大変な努力が必要だとわたしは知っている。とてもできない、こんなに頑張ってきたのにと落ちこんでしまうことだろう。それでも、そうしなくてはならない。

自分を受け入れることは、一日の終わりに、一人でできる。それは自負心と同じで、誰から受け取ることもできなければ、他の誰も奪うこともできない。あなたのかわりにわたしが決めてあげることはできない。もちろん、パートナーや両親にも、親友にもできない。セラピストに相談したり、毎日ヨガのクラスに行ったり、日記や瞑想、野菜ジュースを毎日飲むことをその助けにしてもいい。しかしそうやって後押しすることはできても、何をしたから自分を受け入れられるというものではない。日記が二冊目になったからとか、ヨガでとうとう頭立ちができるようになったとか、今週は一杯もコーヒーを飲まなかったとかは関係ない。

生活に新しいことを取り入れれば、少しは自分を受け入れられるように思えて、自分をごまかせるかもしれない。しかし本当のところは、自分がどうであっても、何をしていても、朝飲んだジュースがどんな色でも、自分を受け入れることはできるのだ。（わたしのヨガの先生はコーヒーを「ブラックジュース」と呼んでいる……もちろん、わたしのお気に入り！）

実は、ラクに、自然に自分を受け入れるためには、今の自分だけでなく過去の自分にも目を向けなくてはならない。続けて見ていこう。

過去の自分、現在の自分をすべて受け入れる

ここまで、自分を受け入れないことが、もっとよくなりたい、成長したい、輝きたいという思いの邪魔になっているかもしれない。もがいたり、戦ったり、ムリに自分を受け入れさせようとすると、もっと受け入れられなくなることだろうということを説明してきた。

さて、自分にとってどうしても受け入れられないものはなんだろう。そして、比べる気持ちをなくし、考え方や気力を高めるポジティブな力に、それはどんな影響を及ぼしているかを、考えてみてほしい。

本当に自分を受け入れるということは、こうあるべきと思う姿の自分でなくても、追い求めた目標や成果に届かなくても、それを悪いと思わないことだ。自分を受け入れられると、そのままの自分——知識の足りない、悪い部分も傷もすべて含めた自分——でいて、心地よくなる。そして、戦いをやめ、自分の過去から現在までの欠点を何も感じなくなるということでもある。

そこまで来れば、自分のどんなところも好きになれるし、自分を誇りに思うこともできる。もちろん、人と比べることもすぐにやめられる。なぜなら、自分らしい自分や、自分

がすでにやっていること、これからやろうとすることを心からホメたたえられれば、人のことなど、気にならなくなるからだ。

他人はもちろん、過去や未来の自分と今の自分を比べる必要もないということがわかるだろう。だって自分らしい自分、今ここにいる自分を、丸ごと受け入れているのだから。

完璧主義と受け入れること

次の質問に、正直に答えてほしい。

◆完璧主義（または、いついかなるときも物事のやり方にこだわる）のままでいても、今の自分を受け入れられると思う？

◆もっとよい自分になったら、つまり賢くてお金持ちで、健康で、ヤセて、勇気を持ち、もっと成功したあかつきには、少しくらい受け入れてやってもいいよと思っている？

わたしのもとに相談に来る人にも、完璧主義者は多い。あるとき目の前に座った女性が、涙をいっぱいに浮かべた心配そうな目でわたしにこう言った。「わたし、完璧主義なんです。

でも他にやり方を知らなくて……」わたしは彼女と、人生について、食べ物について、運動や仕事について話した。数多くの点で、彼女は慢性的な不満の塊に苦しめられていた。とても自分に厳しい人だったからだ。

彼女は、そんなことをもうやめたいと思っていたし、結局自分の考え方一つだということも理解していた。自分を受け入れるためには、自分を許さなくてはいけない。前に進むためには、もう少し手をゆるめなくてはいけないと、何もかもわかっていたのだ。あとはそれでいいんだよと自分の背中を押し、自分はまだ十分にできていないという不安をなくすだけだった。その不安をなくせば、もうできたも同然。今までずっと、十分にやってきたということがわかるのだ。

自分を受け入れる方法を見つけ、本当に受け入れるというのは単に心の傷や過去の失敗を忘れることではない。自分にもっとやさしくし、ムリをしている自分の肩をそっと抱いてやることだ。

完璧主義者は、自分を受け入れ、愛情深く、真実を求める人間になることを許さない。完璧主義を続け、自分のムチャなやり方（どうしていいかわからないときも）では何の結果も出せなくなり、人生が手詰まりになってしまうこともたくさんあるというのに。

わたしも一つの考え方に凝り固まってしまった結果、手のつけられない完璧主義者になっていた経験がある。しかし、自分と向き合ううちにそれをどうにかする方法を見つけ、誰もがもっと自分にやさしくなれるように教えてきた。

自分にとって一番いい結果を望むのは悪いことではない。しかし、完璧主義者だから一番いい結果を得られるわけではない。そうでしょう? 物事や状況が変われば、一番といってもその都度違う。だからもっとやれたのにとか、もっと自分がちゃんとしていればと、まるでうまくいかなかったのは自分が努力しなかったからだと感じてしまうのだろう。


失敗するかもしれないという恐怖は日々いろいろな形で表れるが、その一つが先延ばしである。完璧主義者にしてみれば、何かに挑戦するよりも、自分にはまだ早いとか、できそうもないと言い訳をして、手をつけない方がラクなのだ。わたしも長年にわたってそんな自分と向き合い、どうにか先延ばしをやめることができた。今では、思いついたらとにかく動くのがわたしの得意技である。心の中にあるものを全部書き出して、自分の気持ちにぴったりくるように足したり削ったり編集し、そうしてできたものを頑張っている人々に向けて発信する。ただ書いただけで満足してしまうことはしない。傑作は人に読んでもらわなければ。トッド・ヘンリーの『後悔せずにからっぽで死ね』（サンマーク出版）を読んでから、わたしも最高の仕事を自分の中に残したまま死にたくはないと思うようになった。たとえ完璧でなくても外に出してしまえば、それが自分の持てる力でできる最高のものなのである。あとは、それを続けていけばいい。

これは誰にでも当てはまることだ。したいことがあるのに、心の中の完璧主義者や自分を受け入れられない自分が先延ばしにしていることはないだろうか？

ぜひ、わたしの経験から学んでほしい。心の中で思っているものがなんであれ、まずは第一歩を踏み出すのだ（自分を受け入れることでも、何かを生み出すことでもいい。または、何かや誰かを忘れることや、仕事、私生活の中に新しいことを取り入れる方法などもある）。そうすれば自分には度胸も意志の力もあることがわかるし、勇気のある人間だとも思えるだろう。それがまた、前に進む力になるのである。

完璧主義に惑わされないでほしい。つまらないことだ。あなたのやるべきことは、与え、愛し、手を広げ、差し出し、作りあげ、そして一番重要な、なくすことだ。それを完璧主義に邪魔されないでほしい。自分を受け入れられず、戦うことをやめず、手を離せず、不安をなくせず、自分にやさしくすることもできなくなってはいけない。

自分の中の完璧主義など、自分を受け入れるという大きな海に落ちる一滴の雨粒にすぎない。たくさんの雨粒が集まって、人生という大きな海はできていくのだ。

変わりたいと思うと、その変化に名前をつけたくなるだろう（たとえば、自分磨きとか）。しかし名前などなくとも、すぐに始められるはずだ。一度、自分で自分の背中を押すことができたら、あとはすべてがすんなりとあるべき場所に収まり、自分は後押しができていると感じられるだろう。

自己批判からは何も生まれない

完璧主義とは言わないまでも、自分で自分を批判したり、自分に厳しく当たったりすることもある。純粋に、冷静な批評をしただけだが、それがポジティブな影響は与えないような場合だ。

死ぬまで自分を改善していける、と考えることもあるだろう。自分をホメられるほどのことは何もしていないと考え、**自分らしい自分でいることを幸せに感じられないのは人生をムダにしている**。もっとよくできると自分をホメずにいると、自分のやってきたことや成長、発展を楽しめないまま世を去ることになってしまう。壊れるまで自分にムリをさせ続け、自分で自分を批判し、自分のために作りあげたものを楽しめずに終わるのだ。

今の自分をホメることから始めよう

今何かしていても、ちょっと手を止めてほしい（この本を読むこと以外はね。どうぞ続きを読んで）。自分のまわりを、日々の生活を、自分自身を、ちょっと見てみてほしい。昔は自分にできるなんて思ってもみなかったことがそこにないだろうか？　去年の自分が今の自分を見たらどう言うだろう？　自分の進歩や進化、成長にちゃんと気づいている？

毎朝、目を覚ますごとに、そして呼吸するごとに、自分自身を愛し、受け入れる新たなチャンスは与えられている。そのチャンスをものにする方法とは、自分をホメることだ。他には、会議中にちょっと外へ出て大きく深呼吸するとか、一日に三回瞑想するとか、一日の始めと終わりにジョギングやヨガをするとか、大声で叫んだり泣いたりする（これは毎日というわけにはいかないかもしれないが、どうしてもというならどうぞ）といった方法もいい。ぜひいろんな機会に試し、その効果を実感してみてほしい。

昨日の自分が、今日の自分を作りあげたのだ。上出来だ。毎日、もっといい自分を目指していくことはできる。しかし、ちゃんと自分をホメてやらなければ、新しい景色は見えてこない。

自分の気持ちに寄り添おう。かつて間違ったことをしたり、誤解したりした自分を許そう。本当ならこんな自分になっていたはずなのにとか、あのときこう言うべきだったとか、本当はこんなところにいるはずじゃなかったのにとか、あんなところへ行かなければよかったとか、自分を責める気持ちをなくそう。

自分らしい自分でいることをホメるために何をすればいいだろう? まず何キロかヤセる? 新しいウェブサイトを始める? もうちょっと収入を増やす、あるいは恋人を見つける? もっと大きな家を買うか、あるいは持ち物をすべて売りはらって海外へ移住する?

何をするにしても、自分を受け入れられるかどうかで考えてみよう。たとえば新鮮でヘルシーな食事が出てきたときに、元気いっぱいで食べれば気分が上がり力になる気がするが、いちいちケチをつけたり後悔しながら食べたらそうはいかないだろう。

新しい事業を立ちあげ、それを一回り大きくしようとすれば、自分は毎日全力を尽くしているとプライドを持って、堂々とやっているものだ。そのとき、自分を受け入れられていたらどれほどラクだろう。周囲を気にせず、もっと遠くまで歩き、もっと高くまで飛び、もっと深くまで潜ることができるのではないだろうか？

わたしの経験から言っても、自分を受け入れることでもっと自信が持てた。二十代前半には、いつまでたっても行ったり来たりのダイエットをやめることができた。エクササイズをやりすぎなくなったし、食べていい量をちゃんとコントロールできるようになった。

きっと、あなたの進む道の先を、真実の光が明るく照らすだろう。自分をホメられるようになるまで、待つ必要はない。今すぐ始めればいいのだ。

中には、自分をホメるなんて、と躊躇する人もいるだろう。自分を受け入れることも、ちゃんとやれていると認めることも、なかなかできないかもしれない。毎日「いつかやろう」と思うことだろう。しかし、いつかなんてどれだけ待っても来ないのだ。それはただ待っているだけにすぎないから。

自分らしい自分でいることを毎日ホメるのは、人と比べる罠から逃れるためにとても重要で、必要な行為だ。そこから、自分の世界へ飛び出していけるのだから。

さて、どんなふうに自分をホメたらいいだろう？　言葉でホメるのもいいし、自分にご褒美をあげるのもいいだろう。今週は仕事が大変だったからマッサージに行こうとか、プロジェクトが軌道に乗ったから自分のために花を買おうとか。忙しいスケジュールの中で、二時間ほどゆっくり休憩を取ってみるのもいい。さあ、今日はどうやってホメようか？

戦わないということはすでに触れたが、ここではそれをどう実践するかについて見ていこう。今、何か気にかかっていることや、あるいはこれまでずっとこだわってきたやり方で、まったく成果の上がっていないことはあるだろうか？　あるなら、自分を許してあげるべきときだ。

Theme 6
自分を許してもいい

自分を許すことは、失敗ではないし、持ち前の強さや誠実さが危うくなるわけでもない。むしろ、思っているより自分は強いと知ることだ。もっと上へ、もっと高度な考え方で、人生を作りあげる最高の方法を見つけ、こだわりを捨てるということでもある。

かつてわたしは、友達よりも太っていると思いこみ、自分の体にずっと満足できなかった。いつもそのことで自分を責め、体重ばかり気にして、食べていいものといけないものに神経質になり、しょっちゅうジムへ行って激しい運動をしていた。怒りや後悔でいっぱいで、いっそ重い病気にかかるか大ケガをして入院すれば、ラクに体重を落とせると思い詰めたこともある。それも、かなり本気で。(ええ、すごくバカなことなのはわかってる!)

しかし、自分を許そうと思ったことで、そんな自分を卑下する思いを捨てられた(ある日突然というわけではなく、だんだんと、少しずつ、一秒ごとに、と言うべきかも)。過去も、そのとき起こったことも、長年感じていたことも、変えられはしない。しかし考え方を変え、新たな気持ちで前に進むことはできる。そうしてもいいよと背中を押すことは、自分にしかできないのだ。

自分自身を知れば、人のことは気にならない

自分自身を受け入れることとは、本当は自分とはどんな人間なのか、そして自分を輝かせるものはなんなのかを見つけることでもある。たとえば、若い頃のわたしがバーやナイトクラブへ行くのが嫌だったという話。友達はみんなクラブが本当に好きだから行っていた。わたしは嫌々だったが、店内にステージがあるので楽しめるかもしれないと思ったものの、実際始まってみると大したこともなかった。親しい友達が一緒でも、会話が途切れないよ

うに気を遣ったり、ムリをしてニコニコしたりしている自分がいて、ずっと音楽に負けないよう大声を張りあげ、楽しんでいるふりをしていた。クラブを抜け出し、家に向かうタクシーの中で、わたしはホッとして大きくため息をついていた。

わたしが自分を受け入れるためにまずやったことは、好きなものと嫌いなものをはっきり口に出すこと、それを自分だけにではなく、まわりの人にも聞いてもらうということだった。嫌いだからもうクラブに行かないということを含め、いろいろな取り決めをしたことは、今でも友人たちにからかわれる。現在はもう笑って話せるし、みんなもそうだ。

自分が受け入れられるようになったものが、他の人には受け入れられないものだったということもある。

何週間もずっと打ちこんでいた仕事を終えたわたしは、週末を夫とゆっくり過ごすことにした。わたしにとって最高に幸せな気分になれる週末とは、赤ワインとおいしい料理を用意し、何一つ予定もなく家で静かに過ごすことだ。そこでわたしは、週末はそんなふうにリラックスして、コーヒーやワインを飲み、読書をし、自分の名前を書いた昔風の猫足のバスタブで過ごすつもりだとプライベートのSNSに投稿した。最初の夜はバスタブに熱いお湯を張って、赤ワインの大きなグラスと新刊小説を持ってつかろう。天国じゃない？

すると学生時代の友達が、自分にはそんな週末は悪夢に思えるけど、とちょっと攻撃的なコメントをつけてきた。彼女は、飲みに出かけたりはしゃぎ回ったりする方がいいとほのめかしたわけだ。笑い飛ばしながら、彼女にとってのリラックス方法は自分とは違うのだと、素直に思えた。

こんなふうに攻撃的な言葉を聞き流すのは、自分をよくわかっていないとできないことだろう。わたしの場合、回復には時間とスペースを取る必要があるし、一人でいるか、気心の知れた少人数の仲間の中でしか気力を補充できない。だから疲れたときにナイトクラブへ行くなんて、戦地から戻ったばかりの疲労困憊した兵士がすぐまた前線へ送りこまれるようなものだ。わたしには気力の境界線を越えてしまっているから。

自分をよく知り、納得することは、自分自身を受け入れることにまっすぐつながっている。自分自身を受け入れれば、ムリをして自分の価値を追い求め、人から認められようともがいていたときには見逃していた、素晴らしいものに出会えるだろう。

今すぐ始めよう

自分を受け入れてもいいのだろうか、自分をホメてもいいのだろうかとグズグズ待っていることはない。そうでしょう？　この章を読み終えたらぜひやってほしいのは、すぐにでも自分を愛し、美しい一人の人間として受け入れるということだ。

自分らしい自分にまだ完全に納得できないからといって、自分を受け入れることと、自分の気持ちに寄り添い自分にやさしくすることに意味がないわけではない。

人生の中で何が起こっていても、自分を受け入れれば価値のある人間になれる。人と比べてばかりいる自分も、素晴らしい人間だ。毎朝起きて、しっかり前へ一歩を踏み出しているからだ。そう、たとえ後ろへ下がりたいと思っているときでも。

毎日、前へ進もう。そのためには、自分自身を知り、自分を大切に思い、受け入れ、自分をしっかり見ていることが必要だと知らなくてはならない。

心を開き、強い意志を持っていれば、自分自身から学べることはたくさんある。自分自身を知り、変化していいのだ。それこそが、輝き、自分を卑下するよりも受け入れることに気力を使っていいと考えるチャンスなのだから。

第3章

自分の道を信じるために

Theme 1

五本の柱

自分が道を歩むうえで、ちょっとした導きやはっきりとした答えがほしいと思ったとき、わたしは自分のデスクかソファー、あるいは静かで明るく、解放的でよい気分になれる場所に腰を下ろす。そして、ノートを準備する。強い意志で自分の心とつながり、視界に映るものはすべてシャットアウトする。メールもアラームも無視して、自分自身と自分の時間、天の恵み、エネルギーに意識を注ぐのだ。

座ったら、つながりを深める。内なるエネルギーを高め、聞こえてくる心の声に耳を傾けて、自分は何をするべきか、どう方向を変えるべきかを知るのだ。そのためにはジャーナリングや瞑想、オラクルカード（訳注：問いかけに対してメッセージを受け取れるカード）を引く、エナジーエッセンスやオイル、スプレーをつけるなどの方法がある。大切なのは、受け取ったメッセージが、自分にとって正解なのだと信じることだ。そして意識やエネルギーを集中させ、不要なものを手放す……新たなものを受け取るために。

この手順にはいくつかの段階がある。はっきりとした導きや恵みを得るために、五つの柱を作るのだ。自負心を手にして自分を認めるために、ぜひ使ってみてほしい。

一本目の柱・つながる

最初の柱は、日常で頭から離れない消費志向を捨てることだ。そういったものとのつながりを断つという方がわかりやすいかもしれない。日常とのつながりを断つことは、さらに強い力や愛、確証へと続く新しいチャンネルを開くことでもある。

そしてその方法は、人と比べたり自負心の低さを嘆いたりしないように、何かおもしろいもの、役に立ちそうもないもの（テレビやインターネット、気絶するヤギの動画みたいな笑えるもの！　あとで探してみて）で気をそらすことだ。そうしてできた、ポジティブな気持ちをもう少し深めてみよう。内側からの導きに、自分をゆだねてほしい。一人で、静かに座ってみよう。そうするだけで雑音は消え、より深い、高度な感覚が研ぎ澄まされるものだ。

心の声や直感、羅針盤、知恵、導きにつながることは、自らがそうしたいと願わなければばできない。大きく深呼吸して、つながってみよう。

二本目の柱・深める

自分の内側とつながったら、はっきりとしたものを見つけるために、それをより深める。これは直感や、誠実さ、知識を見つけることでもある。

これは週に一度、時間を作ってヨガをする（それも役に立つけど）以上の効果がある。自分自身とのつながりを深め、そこからさらに高度な導きへと飛びこむことだ。精神に深く入りたいとき、わたしは自分と、自分のためにしたことをホメる。ＳＮＳでフォローをたくさん外したときのことを思い返してみる。人の日常をのぞきこんだり、自分と比べて怯えたりすることはもうない。相手に愛や共感を伝えたかったから、あえてフォローを外し、直接気持ちを伝えることにしたのだった。そういったこともホメる対象だ。

そうやって自分をホメることで、わたしは自分へのつながりを深めることができた。壁が必要だと感じたものには、ＳＮＳのように、壁を作った。必要とするものには心を開き、さらにつながって、自分が恐れ、足りないと戦い、もがいて失った部分を作り直した。すると、フォローを外すことは自分にとって必要な行動だったと思えたし、何より大きかったのは、人と比べたために空いた心の穴を埋められたことだ。しばらく経つと、わたしは外の世界へと続くドアを閉めなくなった。これはきっと、あなたにもできるはずだ。

知識や心の声へのつながりを深めるという行為は、自我の言いなりになったり、心の中に閉じこもったりすることではない。それは心の底を見るという決心であり、そこに空いた穴に光を当てることだ。そして、外の世界に自分だけの場所を作ること……そこにはもう、あなたの名前があちこちに書いてある。そこへ目を向ければいいだけなのだ。

三本目の柱・信じる

これは自分自身と導き、そして人生におけるタイミングを信じられるようになることである。自分にとって最善の道だと思えば、そこを苦もなく進んでいける。

この十五年、わたしにとって一番の名言はアメリカの作家、故ウェイン・ダイアーの「宇宙の中ではすべてが完璧である、改善すべき欲望でさえも」である。この名言は「信じる」ということを教えてくれる。これを初めて聞いたとき、わたしは魂から落ち着くのを感じた。クールダウンされたというか、火傷したところに薬を塗ったような気分だった。

人生のタイミングを信じなさい。自分自身を、自分の直感を信じなさい。その言葉が恐ろしく聞こえたとしても、導かれるまま、自分が行くべきところへ行きなさい。心の声が自分の羅針盤であると信じなさい。「わたしは自分らしくいたい。そこに行くまで待っていてくれる?」と言うあなたの手をしっかり握ってくれる、自分自身を信じなさい。きっと待っていてくれる。必ず。絶対。確かに。信じよう。

四本目の柱・手を離す

ここまでたどり着けば、不要なものから手を離す準備はできていることだろう。人と比べることや、不安、宇宙や自分自身を信じられない心など、染みついたものをすべてからっぽにして、自分らしくいるために新しいものを作りあげる。そのためには、ただ手を離せばいい。

手を離してもいいという気持ちになれるのは、時間をかけてたくさんジャーナリングをしている最中かもしれないし、天気のいい午後に公園で一人自問自答する中でかもしれないし、難しいヨガのポーズを覚えて、緊張と固い心がほぐれ、腰から、心臓から、心から、不安を逃がしてやることができたときかもしれない。

自由と調和は、許す心から生まれる。手を離し、そのあとを追わずにいよう。

五本目の柱・受け取る

最後まで来ると、いったんからっぽにした心をまたいっぱいにする準備もできているだろうし、空いたところには自分の求めるもの、いや、もっといいものを詰めこみたいと思っていることだろう。

シンクロニシティ（共時性、意味があると思える偶然の一致）が起こるのはそういうときだ。心の声が聞こえたら、素直にその通りにできる。新しいアイデアやフレーズ、文章が自分の意識に突然ダウンロードされ、手近なノートをひっつかみ、知恵の言葉を書きつける。自分の中から出てきた知恵でありながら、まだ自分の心に浸透してはいなかったものだ。それこそが、いつもチャンネルを合わせ、貯めこみ、受け取り、流れこみたいと思っていた美点であり、知恵である。美点と知恵はささやきかける。「あなたには価値がある。あなたはそのままでいい。これを手に入れ、この道を行けばいい……」たとえその道がめちゃくちゃに壊れ、行き止まりに見えていたとしても。

導きは自分に聞く準備が整ってからでないと受け取れないし、心を開いていなければ聞こえない。不要なものを切り離したときに聞こえてくるものだ。そして不要なものとは、自分はまだ足りないと思いこみ、人と比べたり、さらに自分を卑下したりする気持ちだ。

心の扉を開けて、悪いものを外へ流し出そう。澄み切った、落ち着いた心で、自分に与えられるものをたっぷり受け取ろう。そして、生まれたときからずっとそこにあった知恵を手に入れるのだ。自分の手に集めた導きや助け、癒し、直感は、心の中に必ずある。

自分らしさが最強

心を開き、共感と許しにたどり着くと、この五本の柱は自信をさらに強めてくれる。すでに自分の中にあった自分自身の価値を、より深く感じられるようになる。もう簡単に立ちあがれるし、知恵や知識に導かれ、比べてしまう心を手放すだけでなく、今まで嫉妬せずにいられなかったものに対しても心から幸せを感じられる。

嫉妬やうらやましさは悪いものだと思われがちだが、それらから学ぶこともある、ということは忘れないでほしい。嫉妬は利用することも、手放すこともできる。どうするかは自分次第だが、学ぶためだけに嫌になるほど大きくて恐ろしい嫉妬を持つ必要はない。

自分らしくいることで、比べてしまう気持ちを客観視できる力がつき、不要なものを切り離せるようになる。人の成功やエネルギーと比較してばかりいると、導きは伝わらない。

そうすると、自分らしいエネルギーではいられなくなってしまう。自分のエネルギーが他の人に縛られたせいで落ちこみ、後ずさりしているときに、一番いい自分になれるはずがないだろう？　そう、自分らしくいることは最強なのだ。

自分の道だけを見て

比べ続け、批判し続け、休憩も取らずにいると、自分に壁を作り、直感や知恵、導きに耳を傾けなくなる。自分の進む道から外れたかもしれないと思い、勝手にあっちの方がいいと思いこんで比べては、自分にすら自分の道が見えないように壁を作る。全然いいものだとは思えない道を、それでも進むしかないと思いこんでいる。

それは、考えることを忘れてしまっているのだ。他の人の道はしょせんその人のものであり、すべてその人に起こった出来事なのである。どこで生まれ、両親はどんな人で、どんな学校に通い、大学でどんな勉強をしたか、あるいは大学など行かなかったのか。特徴も、個性も、夢も、欲望も、目標も、すべてその人のもの。だから、それをあなたが手に入れることなどできない。あなたはあなたであり、あなたらしくあるべきなのだから。比べる罠から抜け出すためには、他の人の道から視線を外し、今の自分がいる場所だけを見て、まっすぐ進んでいくことと、これまで進んできた道を心から信じることだ。そうすれば、正しい道に進んでいるとわかるだろう。

しかし、自分の思う道を進んだ結果、想像していたのとは違う景色を見ることになったり、広い視野で物事を見られなくなったりすることもときにはある。わたしもそういう経験をした。自分は完璧な道にいると思っていたのに、実はアラジンの魔法のじゅうたんに乗っていたようにふわりと、まったく違う道に外れていたのだ。しかし、それでもいい。自分らしい自分に気づき、自分の行き先がわかったら、違う景色や視野が狭い方が安全に感じられることもある。

最初は難しく問題が多そうに見えたのに、結局は自分にとってよいものだったという経験は、これまでなかっただろうか？　それが導きだ。心の中の知恵が語りかける声を聞こうとしないから、宇宙があなたの注意をひくために難題を吹っかけたのかもしれない。しかし、もう大声で怒鳴られなくともちゃんと聞こえるし、導かれるままに従うこともできるだろう。直感を、自分の羅針盤に託すのだ。

Theme 2

心の導きにつながる

心の中の導きが聞こえないように、自分で壁を作っていると感じたことはないだろうか？　導きの声はどうすれば自由になれるかを伝えたいのに、内なる批評家が今の場所から動くまいとしているのだ。導きは、批評家の声に縛られている自分を解放する方法を知っている。批評家が自分には自信を持つ価値などないと言ったとしても、きちんと導きの声を聞きさえすれば、解放される。

自分に問いかけてみよう。人と比べたり、戦ったり、壁の中で引きこもっていても、心のどこかでは、導きに従えば自分の道を進んでいけると気づいてはいないだろうか？

内なる導きの声を聞くことも、その声に従って自分の道を進むこともできないなら、自信も、自我も、目的も、自負心も、ずれて感じられるのは当然だ。導きの声も聞かず、人と比べてばかりいたら、目標や夢、自負心が奏でるのは不協和音ばかりだろう。

不安を出しゃばらせない

目は輝き、心は晴れわたっている。それが、宇宙の流れの中にいるとき、心が整い澄み切っているとき、自信に溢れ、求めるものがはっきりしているときに感じる気分だ。

逆に、流れの中にいないとき、物事が何もうまくいかないと感じているときはどうだろう。わたしも心の羅針盤とつながろうとして、比べる心から自分を解き放とうともがいているとき、とてつもない不安を感じていた。もし成功してしまったらどうしよう、と恐れていたのだ。自分は挑戦するのだろうか？　自分に注目が集まり、目立つことを本当に望んでいるのか？　人前に出て大胆な決断をするほどの自信が、自分にはあるのだろうか？

不安は心の底にある直感に従わないよう邪魔するが、心のどこかではもっと別な方法があると知っているし、古いものを捨てて新しく始めたいとも思っている。だから、導きや直感と何度もつながることができれば、そのうち自分を信じることもできるし、自信もつく。そして、不安の正体は自分が傷つかないようにしているだけのシステムだということもわかるはずだ。それに気づいてさえいれば、不安が出しゃばってくることはないだろう。

知恵は自分より年上

自分にはもう不要なものを手放せば、もっと賢くなれるとよく言われる。知恵とは、生まれ変わってもずっと自分とともにあるものだ。「かつての魂」に話しかけられているような気分を、誰もが知っているだろう。他の人より知恵をたくさん持っている人は、もしかしたら古い魂と波長を合わせて知恵をもらっているのかもしれない。

自分を価値ある人間だと思うためには、知恵は今の人生よりずっと古くからあると気づくことが肝心だ。今歩んでいる人生よりずっと前から、知恵は続いてきた。知恵は、どうすれば自分に必要なものを見つけられるのか、そしてどの道を進むべきかを教えてくれる。だから、知恵を恐れてはいけない。クリニックでは、たくさんの人を診ているが、中には自分自身とうまく調和しているのに、知恵を恐れている人もいる。そういう人は知恵を友達や家族に見せないよう、その存在すら隠している。知恵を使えば、批判されたり笑われたりするのではないかと怖がっているのだ。

知恵から隠れる必要などない。扉を開いて受け入れよう、顔を上げ、目を輝かせて、心を開くのだ。

知恵へのつながり方は、今自分がどんなことを学ぶ必要があるかによって違う。ちゃんと準備ができていれば、知恵とのつながりはもっと深められる。ときには自分にとって正しいタイミングはいつなのかを知ることもある。すべては融合と学び、明確化、バランス、癒しのプロセスなのだ。

そのときが来たことは、積み重なったいくつもの自分や、自分自身、すべての細胞、自分という存在のすべてを通して、自分でわかる。ハイヤーセルフ（潜在意識の中の自分）が呼びかける声に、自分自身が顔を上げるのだ。喜びに満ちて。

内なる導きの声を聞くための、自己暗示の言葉を挙げておこう。

「内なる導きを聞く準備はできている。心の声、導きの声、その指示を、わたしは喜んで聞く。それを受け入れる準備はできている。

わたしはその声を聞き、導きの声に背中を押され、地球とつながってラクな自分になれることを知っているし、自分には自分自身を自立させることができるだけの価値はある。わたしは、自分の道を進んでいることを知っている。ハイヤーセルフや導き、知恵の声を聞けばよいのだと知っている。それらが自分のところへ来るのは自然なことだから。わたしは自分にそれを聞く価値があることを知っている」

タイミングと忍耐

長年多くの女性たちを診てきたが、対面相談の席で目の前に座って「わたしは忍耐強いです」と言った人は数えるほどしかいない。それもだいたい、完全に冗談だ。「ええ、もちろん、わたしは忍耐強いんですよ、とっても。いつまでだって待てるから。ミス・忍耐と呼んでほしいわ！」

何かを手に入れたいと思うとすぐに勢いよく行動に移してしまう気持ちを、わたしはよく知っている。わたしだって忍耐強くはないから。でも、天の定めるタイミングがあることは信じている。

天のタイミングとは、まだ箱を開けたばかりのバラバラのジグソーパズルのようなものだ。人生のどこかできっとできあがると信じていれば、それでいい(たったそれだけ！)。急ぐことはない。もしそのパズルのピースが不意に自分の足元に落ちても、そのとき自分の準備ができていなければ、それが何かもわからないだろう。だって自分にはまだ必要のないものだから。最後のピースが自分の足元に落ちてくると信じて、準備をして待っているときでなくてはならない。遅くても、早くてもダメなのだ。
なんで今じゃないんだと皮肉に笑うのは勝手だが、それで何かが変わるわけではない。急いだところで、待たなくてはいけないことには変わりがないし、ただ待つというゲームは苦痛だろう。待たなくてはいけないと思うより、ただ自然に人生を生きていたらどうだろう？　ジリジリと待ったあげくにではなく、心を開いて、自分自身が信じられ、誠実な状態にするりと入れたら、どんなにいいだろう？　待っていると不安で落ち着かないものだ。信じる気持ちや誠実さは忍耐から派生するものであり、忍耐とは、自分が求めるものがまだ現れていないときに、自分は完全で、心を決め正しい道を進んでいると思わせてくれるものである。

目的は、待つことではない。生きることだ。今その場所で、全力で生きることだ。それは自分の価値を知り、自分自身を知ることである。もっと上の目的を満たし、一番いい状態の自分を出せるように、毎日自分をホメ、守り、進んでいくことなのである。

シンクロニシティと確証

栄養学と自然療法のクリニックを始めたとき、わたしは起こっている出来事と感情の面に焦点を当てて診療した。それから数年後、運動療法を取り入れたところ、一か月もしないうちに予約がいっぱいになり、対面相談は六週間から八週間の予約待ちになった。わたしはうれしかった。予約が増えた理由はわかっていた。みな、自分は正しい道を進んでいること、正しいことをやれていること、自分の可能性を活かし、未来の自分に近づいていることを確認したいのだ。運動療法やエナジーヒーリング、バランス療法はその答えを教えてくれる。流れやシンクロニシティを感じさせてくれるからだ。流れに乗っていると、とてもラクにしていられる。不要なものを手放し、前に進んでいることを確信できるし、もっとよくなりたい、もっと手に入れたいと強く思わなくても、そこにいるだけでラクに自分のエネルギーを使えるのだ。

しかし、道から外れたと感じると、人生がうまく進んでいかないと思うもの。ちょっとしたことで圧倒されたり、よけいなものまで背負いこんでしまったり、その日やその週にやろうと決めたことが全部終わらなくて、自分を責めたりする。

ときに、直感はシンクロニシティとつながって、素敵な出来事をもたらしてくれる。実は、わたしが夫となるニックに出会ったのは、わたしの内なる導きのおかげだ。

何年か前の土曜の朝、目が覚めた瞬間にわたしは、当時付き合って四年になる彼と別れると直感で思い、決めた。それから四日後、あるイベントでニックに出会った。次の月にはデートするようになり、二年後、彼はグラスを踏み割った(これはユダヤ教の結婚式のしきたり)。

あの土曜の朝、わたしの内なる導きが目覚め、知らない世界に飛び出すことは思うほど悪くないと教えてくれたおかげだ。怖くて動けないまま、その場所で将来を悲観しているより、飛び出して知らない誰かに出会ってよかったと、わたしは思っている。

未来は不安だらけではない

誰もみな、確証を手に入れたいと望んでいる。未来＝不安だと思いこんでいるから、とても怖くなってしまうし、今をちゃんと見られなくなっている。今、自分がどれほどできているかがわからず、心が動揺するあまり本当に体調を崩してしまう。

日常生活の中でも、心の底で自分自身と波長を合わせれば、シンクロニシティを感じることはできる。人生の中にある、シンクロニシティや流れに気づいてほしい。そして、喜び、幸せ、成功、自信をたくさん持ちこみ、感じてほしい。

自分のバランスを整える

こう書きながら、わたしは宇宙がこれまで自分を支え、導き、自分の道を教えてくれたことを思い出している。運動療法を使って、自分で軽くバランスを整えることもある。そうやってゴールをも整え、浮かびあがるストレスをなくしているのだ。

別の章を書いている途中でも、一度バランスを整えた。ちょっとした疑問が浮かんだせいで、自分が進んでいるのが正しい方向かどうかがわからなくなったからだ。そこでわたしは一人腰を下ろし、ストレスをなくし、自分の心を整えるためのいくつかのゴールを打ち出した。そのとき書いたものがこれだ。

◆わたしはいつもスラスラ文章を書きたい。
◆読者に響くような文章が書けていると、わたしは信じている。

◆自分の本をよくするために、何度も書き直していいと思っている。
◆自分の本、自分の文章が正しい方向に進んでいるとわかっている。

わたしは自分がそれらのゴールに対して壁を作っていないかを体に尋ねるために、筋力の検査をした。そして、オラクルカードを引いた。驚いたことに、そのとき出たカードは……「書くこと」だった。自分の書く言葉によって癒され、刺激を受け、教えられ、心が豊かになるでしょう、ということ。わたしは大声で笑ってしまった。宇宙は見ている！シンクロニシティだ！　ああ、なんて素敵な確証だろう。

自分が正しく書けているかという確証を探していて、「書くこと」という言葉を見つけるなんて。いや、言葉の方がわたしを見つけに来たのかもしれない！

こういったことは、わたしに相談に来る人からもよく聞く話だ。対面相談にやってきて心を開くと、体や宇宙が、必要とする情報やサインへと導き、確証を与えてくれるものなのだ。

Theme 3

心で考える

正しいことをやれているかを知りたいために、シンクロニシティや導きを求めるなら、日常生活の中でも、導きの声や直感に従っていれば見つけることができる。そのためには、確実に受け取れるようにすることだ。

最近わたしのところに来たある女性は、確証を強く求めていた。ちょうど職場で大きな配置換えがあったばかりで、彼女の仕事はしばらくのあいだ宙ぶらりんの状態だった。自分の仕事だけでも一人でこなせないほど抱えたうえに、大きなプロジェクトをいくつも管理することになった。わたしのところへ来たとき、彼女はすでにさまざまな講座で学んでいたので、自らいろいろな手順を踏み、行動や気持ちの方向性を変えてはいた。しかしそれでも、この先どうすればいいか迷っている状態だった。自分が正しい決断をしている、正しいことをやれているという確証がどうしてもほしかったのだ。

セッションの途中、大きなシンクロニシティがいくつも起こり、終わるころには彼女はとても心が落ち着いていた。セッションの最後に、彼女のために一枚のカードを引いた。それを裏返したとき、わたしと彼女は目を見合わせて、お互いににっこりと笑顔になった。まるでセッションのあいだに交わした会話が一言一句すべて、その一枚に書かれているようなカードだったのだ。自分が正しい道を進んでいるかという問いに対する確証を、彼女はちゃんと見つけた。あなたも自分の道にたどり着けることだろう。

その逆に、わたしのクリニックに来る人の中には、少し道に迷っていて、頑として導きを受け入れない人もいる。頭が固くなっているので、セッションの中で生まれるエネルギーよりも、セッション自体にどういう意味があるのかということばかり気になってしまうのだ。わたしのしていることと、セッションの中で起こることを全部理解しようとして、そこから生まれる流れに気づかない。

戦っているときに、流れは起こらない。流れがなければ、そこから動けない。動けなくなり、進む方向もわからなくなってしまったら、あるいは目的やつながり、自分の本当の可能性を感じたいと求めているなら、自分のまわりに何かのサインが出ていないか探してみよう。エンジェルナンバーを見つけたり、窓から羽がヒラヒラと入ってきたり、何度も同じ新聞記事に目が留まったり、今会いたいと思った人がちょうど現れたりすることはないだろうか。

確証を求めるなら、そっと宇宙に尋ねるだけでいい。特にこれというサインが決まっているわけではない。ただ何か確証や、それがわかるサインを、宇宙が示してくれるよう願うだけだ。自分の数字（エンジェルナンバーが調べられたり、その意味を解説したりしているアプリや本はいくらでもある）が何度も目に入ったり、羽やコインなど、自分がそう感じるものならなんでもいい。


あらゆるサインを受け取る準備ができたら、そのサインを意味あるものに感じよう。いつまでも考えすぎて、頭が固まってしまってはいけない。それより、心で考え、生み出そう。心で考えることで、不安は追い出せる。心の風景は未完成のパズルみたいな状態かもしれないが（パズルというのは時間がかかるものだから）、でも……心で考えれば、それは深いところで宇宙とのつながりに関わっている。確証がこう教えてくれるだろう。「おバカさん、それが正しい道だよ」

その道は、あなたのために作られたものだ。さあ、進みなさい。それこそ自分の道だと信じ、それを真実にしていこう。

第4章

エネルギーに満ちた人生を送ろう

Theme 1

エネルギーをちゃんと補給している？

自分にエネルギーを補給する方法、自分を大切にし自分自身に力を与える方法、そして不要な心の闇や動けなくなる状態をなくす方法を知ることはとても大切だ。

人と比べてばかりいた頃のわたしは、無意識のうちにまわりのもの（特に自分を受け入れたり後押しをしたりすることにつながるもの）に心や感情を動かさないよう、壁を作ることに必死になっていた。

この章を簡単にまとめるなら、自分の人生を確認するということになるだろう。日常生活のどこにエネルギーをつぎこんでいるか、少し考えてみてほしい。ＳＮＳ？　自分と人とを比べて苦痛を感じること？　もう少しじっくりと、ただ生きるために時間を埋めるのではなく、ちゃんと自分にエネルギーを補給できる方法を見ていこう。

自分の時間をどう過ごしている？

死人のような顔で疲れ果てるまで自分を追いこむか、それとも自分らしく、自分の好きな人生を生きていくために時間を使うのか、そろそろ決めるときだろう。

人と比べているあいだは、多くの時間を不安とネガティブな考え方に費やしている。つまらないことで時間をつぶしているのだ。もっと簡単で、楽しくて、気楽に生きられる方法はたくさんあるというのに。

自分の時間をどう使うかは、常に自分で選択をしなくてはいけない。この本を書くにあたって、わたしもいくつか決断しなくてはならなかった。対面相談の回数を少し減らし、執筆する時間を増やした。一番書きやすい時間は午前中なので、そこに余裕を作るために他の企画やインタビューの仕事は受けないことにした。別の仕事のために何千語も書いていたら、自分の本のために書くことができなくなるからだ。

メールが送られてきたら、今は執筆中なので返信が少し遅れるというお知らせを自動返信するように設定した。そうやって時間を作った結果、スケジュールにもエネルギーにも余裕ができた。そう、アインシュタインにも、オプラ・ウィンフリーにも、ビヨンセにも、一日は二十四時間。それをどのように使うかは自分次第だ。

「イエス」のように「ノー」を言おう

「ノー」と言うことがつらい場合も確かにある。しかし、それよりつらいことはなんだろうか？　その場しのぎに「イエス」と言ったせいで、それに関わるために時間を取られ、後悔し、疲れ果て、嫌な気分になることだ。愛をこめて「ノー」を言う方法はたくさんある。それが自分の境界線を丈夫にし、守り、確実にするのはもちろん、結果的に人間関係を強めることにもなる。

何か月か前に、あるプロジェクトに協力してほしいという長文のメールが来た。読んですぐ、これは引き受けられないとわたしは感じた。メールの送り主は文章を読む限り素敵な人のようだったが、それでも「ノー」と返事しなくてはいけないと思った。そのプロジェクトが嫌だったわけではなく、直感の声が聞こえたからだ。「今やっていることで手いっぱいよ。この仕事を受けたら、きっと時間的にもムリをしなくてはいけない。後悔するし、疲れるでしょう。「ノー」と言いなさい」

わたしは丁寧な言葉で、やんわりと断りのメールを送った。すると相手からは、感謝と思いやりの言葉であふれた返信がきた。声をかけてくれたことを盛大に感謝しながら「ノー」と言えたおかげだ。よかった。

「ノー」と（感じよく）言えるようになるために

◆「べき」だと思ったら注意して

進んでそうするのと仕方なくやるのは違う。愛と寛容な気持ちですることと、罪の意識や義務感で、そうする「べき」だからするのではまったく意味が違うのだ。頭の中で考えていて「べき」という言葉が出てきたら、それは本音ではやりたくないことなのだ。

「その人に会うべきだ」は、「本当は会いたくないけど、会わなくてはいけないから」という意味になる。

「ブログに投稿するべき」は、「そのテーマで書きたいと思っていないけど、何か投稿しなきゃいけないから仕方なくやってる」という意味になる。自分が心の中で、「べき」という言葉を使ったら注意しよう。自分が本当はどう感じているのか、よく考えてみるといい。やるべきだと思ってやっているその仕事は、本当にやる必要があるのだろうか？　本当にやりたいと思っているのなら、そこに「べき」という言葉は出てこないはずだ。

◆代案を出そう

「ノー」と言うかわりに出せるものはないだろうか？　ブログに書いてあげるとか、自分のかわりにやってもらえる友人や同僚を紹介するとか、あるいは別の案を挙げられないか？　自分はできなくても、他の方法はあるかもしれない。

◆感じよく、しかしきっぱりと

正直なのはいいことだ。しかし、くどくどと説明する必要はない。理由があってどうしても頼まれたことができないなら、いちいち言い訳しないこと。「もう手いっぱいなの」「今そこまで余裕がなくて」「その日の午後はゆっくりしたいから」で、ちゃんとわかってもらえる。

◆一人になる

友達と遊びに行く約束や歯医者の予約を、直前になってすっぽかしたりはしないだろう（歯医者はすっぽかしたくなるけれど！）。「ノー」と言うためにはゆとりが必要なこともある。体を休める、仕事から離れる、仕事のペースを落とすなど、自分のための時間を作ったらすっぽかしたりせず、一人でゆっくりすることだ。体を休める必要があると思ったのなら、体まなくてはいけないということ……ごゆっくり。

◆いっぱいいっぱいになってしまう前に、それに気づくこと

ソファーに座り、のんびりとスマホをいじっているとき、情報を仕入れているつもりなのに生命力がどんどん吸い取られていくような気分になることは、誰にでもあるだろう。それは、何かを探してスクロールしているのではなく、ただ時間つぶしになるものを探しているからだ。

インスタグラムやフェイスブックを見ながら、どこかにこんな言葉が出てこないかと探しているのだ。「あなたは価値のある人。あなたが大好き、あなたは素晴らしい仕事をしている」そんなわけはないと思うだろうが、こう書きながらわたし自身も自分がそうしていたのはわかっている。

かつてのわたしは何時間も誰かのSNSを端から端までスクロールし、自分は小さくて価値がないと思いこみ、見る時間が長ければ長いほど、どんどんエネルギーを失っていった。何も考えず、終わりのない、ネガティブな言葉をくり返し、自分は十分ではないとい

うおなじみの気分に落ちこむ。

比べるという沼に足を取られると、誰でもそうなってしまう。抜け出す方法はただ一つ、自分が愛し敬うものの波動や美しさを、自分も生み出すことだ。他の人のことで頭がいっぱいになってしまうと、それができなくなる。感じよく「ノー」と言うことは、なお難しくなるだろう。


自分にはなんの得にもならないことで自分の心がいっぱいなら(何が得か、得でないかは自分でもわかっているはず)、まずそこから離れてみよう。そんなことに使う時間はない。

スケジュールをいっぱいに詰めこむのはなぜ?

人生の中で穴が空いている部分にわざといろいろ詰めこんで、本当に目を向けなきゃいけないことを隠してはいない? わたしの場合、それは人のことばかり気にするという行動だった。心のどこかではもうやめなくてはと思いつつ、そればかりに使える時間をすべてつぎこみ、頭の中をそのことでいっぱいにしていた。同じような状況になってわたしのところへ相談に来る人もたくさんいるが、これは自分の心の中を無視しているのと同じだ。

疲れ切ったと感じたときや、ちょっとムリをしすぎた、頑張りすぎたと気づいたとき、わたしは本当に自分のエネルギーの補充になることをし、心がからっぽになるようなムダなことをしないよう心がけている。

わたしのように人を気にするという行動ではなくても、ただ時間をつぶすために何も考えられなくなるくらい忙しくして、見せかけの充実で心に目隠しをしている人は多い。わざわざはまる必要のないところではまってしまうと、自分をいたわる時間も取れず、自分と対話して心にスペースを作ることもできなくなる。そうすると、心はヘトヘトに疲れてしまうものだ。そうなったら、燃え尽きるのか、気力を補充して回復するのか、どちらがいいかを選び、決断することだ。

自分自身、あるいは自分の人生のためにやるべきことを、どうにか先延ばしにしようと時間を費やしていることもある。どう考えても、それは自分への妨害だ。時間がないとか忙しいとかいうのは、セルフサボタージュや、その場所から動かずエネルギーを補給しないことによる二次利得——自分のことは後回しにしたり、何もしなかったりするほうが、他の場所で思わぬ利益につながっていると感じている——なのではないか？　怖くて手を出したくないこと、直面したくないことがそこにあるのだろうか？

そう自分に問いかけたら、どのようにエネルギーを補給するのが一番いいのかを考えてみよう。燃え尽きや疲労感を防ぎつつ、自分の道を進み、人生の目的を目指すことができる方法はある。

エネルギーを補給するための四つのステップ

ステップ1・はっきりさせる

どのように、どこに、なぜ、いつ、エネルギーを使っているのかをはっきりさせよう。仕事のような大きなことにつぎこんでいるからなのか、あるいは何度も何度も同じことが頭に浮かんでくるせいなのか。そこにエネルギーを注ぐことは本当に必要だろうか？　何がエネルギーになるのかもよく考えよう。自分を満たすもの何かを改めて考えることで、自分の波動を上げるものと、下げるものがわかるだろう。もし波動が下がっているなら、軌道修正しなくてはならない。

ステップ2・考える

少し時間を取って、時間を埋めるという目的から出た行動が自分にどんな影響を及ぼしているかを考えてみよう。それによってエネルギーを消耗している？　増やしている？　人格を変えてしまったり、忍耐力を失ったり、自信をなくさせたりしてはいない？

ステップ3・手放す

時間を埋めるためだけの行動はやめる、と自分に言ってみよう。いたずらに時間を埋めることが罪の意識や恥ずかしさ、苦痛を生み出していることに気づいて、戦うことをやめ、終わりにしよう。

ステップ4・かわりのもの

時間を埋めるのをやめたら、何をすればいいだろう？　自分にとっていいことはなんだろう？　スマホからSNSのアプリを削除して、かわりに瞑想のアプリを入れてみる？　日曜の午後は、動けなくなって家でじっとしているのをやめて、昔やりたかったことに挑戦してみるとか、アートのレッスンを受けてみたらどうだろう？　ただの時間つぶしをやめて、エネルギーを補給できることはなんだろう？　いつから始める？

ポジティブな変化は誰でも起こせる

ステップがすべて終わったら、今の時間の使い方は、自分が目指すところへとちゃんと向かっているか、もっとラクに生きるために、なくしてしまったほうがいいものはないかを確認してみよう。

自分のエネルギーや時間をどこにどのように使っているかを知り、それをもっとポジティブな考え方や行動に変えようとすると、最初のうちはかなりハードルが高いと感じることだろう。でも、そうすることで古いものをなくし、やりかけのことを完成させ、学んだことを活かし、もっと素晴らしいものを生み出せるようになる。人生のいろいろなことと同じく、それは自分の心が呼んでいるのだ。さあ、どうする?

忙しさアピールは、他人のため?

あなたが忙しくしているのは、成功している、幸せだ、自分には価値があると他の人にアピールしたいからではないだろうか? そのことに気づき、変えていくにはどうしたらいいだろう？　比べる罠にはまってしまった頃のわたしは、壊れるまで自分を追いこんでいた。頑張っていれば、もっと価値のある、目立つ人間になれると思っていたからだ。自分が比べている相手に、そう見られたいと思っていた。

内向的な人はもの静かで恥ずかしがり、外向的な人はその逆に騒がしく元気いっぱいだと思われがちだが、必ずしもそうではない。内向的でも人前に出ることを楽しめるのだ。わたし自身も人前に出ることを楽しめるので、これまで自分をどちら側とも思っていなかったが、今は間違いなく内向的だと思っている。一日に二つも三つもやることがあったり、一緒に作業をする人がいたりすると、途中で家に戻って少し休憩したくなるからだ。

これは自分のエネルギーの境界線を知り、それを尊重することでもある。あちこちの会合を飛び回るのが苦にならない人にはバカげて聞こえるだろうが、わたしは一人で落ち着いてからでなくては、大勢の人の前に立つことはできない。それをしたうえでも、ヘトヘトで倒れそうになる場合もある。このように自分の境界線を知れば、自分をいたわるために時間をかけるのが大切なことだと気づく。そうすれば、忙しさを他人にアピールしたい気持ちはなくなるのだ。

エネルギーの補給は、自分に合った方法で

では、自分に一番合った補給の方法を知り、それを行動に移してみよう。今やっていること、あるいはこれならよしと思っていたことが、楽しくてもただの時間つぶしだったり、実は全然エネルギーが補給されていなかったりした経験はないだろうか？

わたしに一番合っているのは、一人になれる、誰も知らない（そして静かな）場所で心を落ち着け、完全にリラックスすることだ。一人で時間を過ごすこと、自宅で一人になれるスペースを作ることをわたしは大切にしている。日曜の午後になんの予定も入れず、ベッドで本を読んだりノートに何か書きつけたり、紅茶を飲んだり、映画を見たりするのもいい。「週末は何もしない日を一日作りたいの。だからお茶に行く約束、日曜じゃなくて土曜日にしてもいい？」と友達に言うのも平気だ。

以前はそんなことをするのはちょっと気が引けた。週末になると断り切れなかった予定がいっぱいで、自分一人の時間など取れなかった。ただ約束をこなしているだけで（平日に会議から会議へと飛び回るのと同じ、ビジネスじゃなく遊びとはいえ）、ふと気づくと

わたしは歯を食いしばり息を切らし、軽いパニックで呼吸困難を起こしていた。そんな週末はもう嫌だと思えたことが、よい転機になった。もちろん、友達に会えばうれしいし、楽しい。そして、その方法でエネルギーを補給できる人は、そうした方がいいだろう。しかしわたしの場合は、自分自身が心地よく過ごすためには、一人きりになれるスペースで回復することが本当に必要だということは変わらない。

先週のことを思い出してみてほしい。自分はエネルギーをどう使っただろう、それを心地よく感じられただろうか。次の一週間を違った目で見て、自分がどう時間を使っているかを観察してみてもいい。**やることはたくさんあるのに自分のことを優先するなんて甘えていると思うかもしれないが、それこそが本当は必要なことだ。自分を大切にすることができれば、その分を自分のまわりや社会に返していくことができる。**

船のかじ取りは自分でしよう

今、エネルギーをどこへ向けている？　そこが気にいらないなら、方向を変えればいい。自分の船のかじ取りは、自分でするものだ。本当に行きたい場所を知っていて、時間とエネルギーをつぎこめるのは、結局自分しかいない。

体に、精神に、感情に、あるいは魂に、エネルギーを補給したり、人生の方向を変えたりする機会は日々いくらでもある。思考や態度、信じるもの、考え方をよりよくしたり、物事のやり方を変えて、エネルギーをつぎこむ先や、それを再び受け取り、吸収する方法を変えたりすることもできる。身近なことで言えば、食べるものや飲むものを変えるだけでもいい。

ここで伝えたいのは、エネルギーを補給する方法を選ぼう、ということだ。自分をいたわっていいと思えれば、もっと自信を持ち、満足して、はっきりと意志を持つことができる。もう、前に進むにはまわりと比べなければいけないと思いこんだりはしない。

いいことを教えよう。ただ時間を埋めるのではなく、ちゃんとエネルギーを補給するという考えに今すぐ変えることはできるし、ずっと続けられるのだ。そして、エネルギーを補給するか、ただ時間を埋めるかという選択は、毎日起こる。澄み切った心で思いやりを持ち、やさしい気持ちで過ごすか、それともつらい気持ちで、人と比べ、人から認められることばかり考えて過ごすかは、自分で選べるのだ。ほんの少し心の中に注意を向ければ、外の世界が大きく花開いていて、自分は何者なのか、どのような姿で世の中へ出ていきたいのかがよくわかることだろう。

精神や感情の面から後押しするためにはどうエネルギー補給をすればいいのか、それがわかっていれば、自分を励ます力は心の中に見つけられる。しかし、休むことも、補給することも、心の補修も修復もダメだと自分に言っていたらどうなるだろう？　いつまでも自分にムリをさせ、現在進行形のネガティブな行動に気づかず、陰陽のバランスが崩れているのにそれに気が回らないとしたら？

おそらく、燃え尽きるだろう。だからもっとエネルギーを満たし、自分をいたわる重要性について深く理解してほしい。誰もあなたに、燃え尽き、疲弊してほしいとは思っていないのだから。

Theme 2

ゆっくり休む時間を取ろう

わたしは自分が疲れているのだと気づくときがある。それは「疲れた、疲れた」と言うわたしに、夫が「知ってるよ、二秒前にもそう言っただろ」と返してきたとき。ソファーに寝転がったり、録画しておいたドラマを見たりする時間も取れないくらいスケジュールが詰まっていると気づいてがっかりしたとき。泣いたりわめいたりしてしまうときだ。

わたしの妹はそんな状態を「ぐったり」と呼んでいる。何をするにもエネルギーが足りなくて、ベッドやソファーでぐったりしているしかないような日のことだ。

忙しすぎることの副作用が、燃え尽きや疲労感だ。ここではそれを取りあげていこう。

人生の中に空いた穴に、休まず、回復もせず、今この瞬間をちゃんと生きることもせずに何かを詰めこみ続けていると、忙しさに身動きが取れなくなってしまう。忙しすぎることはさまざまな影響を与える。体にも、精神にも、感情にも、魂にも。

友達に、最近どう？　と聞かれてこんなふうに答えてはいないだろうか。「忙しいわ。もう、とにかく忙しい！」それは、燃え尽きの一歩手前にいるのかもしれない。もしそれがカッコよく思えているなら、そうしていれば自分がものすごくデキる人間で、かわりのきかない人間だと思えるからで、つまらないことに大げさな意味を持たせているのだ。しかし現実は違う。それはただ自分が、疲れ果てているだけのこと。

ちょっとしたことですぐ泣いてしまったり、朝起きられなかったり、チョコレート一つ口に入れずに気づいたら午後四時だったり、夜はいつのまにか寝てしまっていたり、急に悲しくなったり、いっぱいいっぱいになったり、感情的になったり、自分が何者なのかわからなくなったり、だけど何者かになりたかったりする。それはすべて疲労感が原因だ。疲れたとか燃え尽きたということ自体を理解できず、自分がだらしないせいだと思っている人もいる。でもわたしはこう言いたい……だらしないことなんてない、疲れてるのよ。

疲労と怠惰のあいだには大きな違いがある。あなたがだらしないわけではないということは九十九パーセント間違いない。だらしないと思っているなら、それはただ疲れすぎてゆっくり休む必要がある、というだけだ。

完璧主義で、頑張りすぎの比べたがりやさんは、きっと副腎の消耗を生命力の強さとはかり間違えているのだろう。目盛りは毎日、燃え尽きのゾーンをさしているのに。そしてきっと、あれもこれもイライラしているだろう。ずっと同じところをぐるぐる回っていてどこにもたどり着けないとか、自分は何一つうまくできないとか、その場所に留まっていなければいけない、だってどれだけ頑張っても結局自分にはいいことなんてないとか、そう思っているのだろう。

ペースは落としたままでいい

エネルギー的に疲れていると、思いこみから逃れられなくなる。頑張りすぎによる感情的な苦痛や身体的な問題から逃れようとして、感情は出口を失い、体の中の経路（体内にあるエネルギーの通り道）やチャクラ、筋肉、関節、組織などあちこちに留まってしまう。つまり、忙しすぎることで起きる弊害はランチの約束ができなかったり、ちょっとした休暇を取れなくなるといった時間的な余裕の話だけではない。それによって体のあちこちに影響を及ぼしたり、自信や自負心をなくし自分を受け入れることもできなくなることで、今こそ、それを見直すときだ。疲れていても頑張り続ける方が簡単かもしれない。でもどれだけ頑張っても、何もしていないと思うだけ。休むことは頑張ってするものではない。しかし残念ながら、何もしないで休もうではなく、最後までやり遂げなければいけないと自分に言い聞かせてしまう。

こう書いている今、わたしはまる一日休みを取って、有意義に使ったばかりだ。サワードウ（酸味のあるパン）の上にアボカドとポーチドエッグをのせた朝食を済ませ、カフェラテを持ってベッドに戻り、iPadで電子書籍を購入して、寝転んで何時間も読んだ。家族とのんびりとランチを取り、また読書。自分の本に書き加えたいことが浮かんでパソコンを起動はしたけれど、作業を済ませたらまたすぐゴロゴロ。何もしないことを数時間は楽しんだところで、またパッとひらめいたのでパソコンを開いたが、それはストレスではなかった。ゆっくり休むこと、仕事や友人との付き合いやクリニックの予約から完全に離れることに、わたしはなんの罪悪感も感じなかった。

そんな時間を、あなたにもぜひ取ってほしい。**子どもがいる、友人もいる、事業を経営している、仕事仲間がいる、親の問題がある……それでも、休まなくてはいけない。むしろ、そういったいつも忙しくしてしまう人ならなおさら、自分が思う以上に休息が必要だ。**

自分を追い詰めてしまうときには、そうしてしまう意味をちょっと考え、自分にエネルギーを補給し、バランスを取り、気力を整え、自分をいたわってペースを落とすことに罪の意識を持たないよう、しっかり理解することが必要だ。そして、ペースを落とすことで心地よく生活できるなら、落としたままでいる方がいいだろう。それができるのは、自分だけなのだ。

自分で自分を疲れさせていない？

自分の価値を証明するために、完璧主義でギリギリまで自分を追い詰め、人からホメられようとするのは、同時に自分を疲弊させることでもある。わたし自身、何度もそういうことをしてきたし、今これを読んでいる人ならそれがどういうことかよくわかると思う。疲れ果てるまで自分にムリをさせるという行動は、自分の内側からの導きに耳を傾けないことであり、自分には価値がある、そのままでいいのだと知らせる声に気づかないでいることでもある。

体にストレスや緊張を感じるときには、感情もかなり緊張を強いられている。『Metaphysical Anatomy』（形而上学解剖学／日本未訳）の著者イヴェット・ローズは副腎疲労についてこう語っている。「人生について心配しすぎると……現実には起こりそうもないことを頭の中で作りあげ、まるでそれが現実になったかのように感情的な行動を取るので、体は消耗します……他の人に与え、わかち合うエネルギーがないため、まわりとは距離を置くようになります。そうすることで境界線を作り、エネルギーを抑えているのです」

裏を返せば、疲弊するのは体が過剰に動いて、必要な量より多くのエネルギーを作り出そうとしているからだということだ。ローズによれば、そういう状態になると自分はあちらにもこちらにもいられると思うという。無意識のうちに、自分が身動きも取れないと感じる状況を作りあげ、それがさらなるストレスと後悔につながる。そうなると、敵を恐れる動物のようにストレスに敏感になり、感情はずっと混乱し収拾がつかなくなる。プレッシャーでまともに考えることも自分を後押しすることもできず、方向もわからなくなってしまう。

そんな自分を癒し、思いこみや古いやり方から解放されるには、自分は体の中にしかいられないわけではないと考えることだ。精神や、感情、魂、エネルギーに形を与えればばいい。自負心を持ち、自分を受け入れ、自信にあふれた人生を生きるためには、自分の体と精神、感情、魂を癒すことはとても重要なのである。

体の声に、耳を傾けている？

そろそろ、自分がもうすぐ燃え尽きそうだ（あるいは、もう燃え尽きている）と体が伝えていることに気づき、どうすれば体、精神、感情、魂を癒し、健康でバランスの取れた、整った自分に回復させられるかを考えてもいい頃だろう。

少し前の週末、わたしは大人数の中に知り合いが数人しかいない集まりで過ごしたことがある。とても楽しい時間ではあったが、人が多すぎてあまり楽しめない活動があったり、まともに食べられなかったり、正直なところ仲よくなれない人もいたりした。

すると日曜にはのどが痛み出し、月曜の朝には水も飲みこめなくなってしまった。頭痛も熱もなく、インフルエンザというわけでもない。ただ、それまで経験したことのないほどの痛さだった。あまりにも痛みが引かないので病院へ行ったところ、医者は一目見ただけでのどの奥に大きな潰瘍ができていると言った。

心当たりはあった。三晩続けてエアコンが効きすぎた部屋で寝たからでも、寒暖差にやられたわけでもない。その週末はあまりに刺激が多すぎて順応できず、自分に合うように変えたいと主張することもできなかったからだ。

人間の体は繊細で、理性的で、守りたがるものである。コントロールの利かない状況では、強い感情を持たず、心地よいままでいられるように、ある程度は体が守ろうとする。普段のわたしは、思ったことをはっきり口にするのだが、その週末はいろいろな理由からそれができなかった。感情のエネルギーと、口にできない言葉がたまってしまったのだ。たまった先が、のどだった——それで大きな潰瘍ができ、痛みになった。それは体がわたしに向けたメッセージだった。

悩みや痛み、つらさを感じることは誰にでもあるだろう。そんなときに体が痛み出したら、それはおそらく精神や感情、魂の不調を伝えようとしているのだ。

体の痛みは、感情が原因であることも多い。比べる気持ちをなくし、自分に合った境界線を作ろうとしては煮詰まっていた頃、わたしはよく心臓の動悸に悩まされた。心臓に特に問題はなかったのに、だ。かかりつけの医師や心臓専門医の診断ではそう言われたし、わたし自身もなんとなくそうだろうとわかっていた。

心臓は、他人への愛情でドキドキするだけではなく、自分自身への愛や許し、共感の有無でもエネルギーに左右されて激しく動く。人と比べてばかりいるときのわたしには自分への愛も共感もなかったから、動悸が起こった。毎日のように自分の限界を超えて頑張りすぎて、今の自分にも、今いる場所にも、許しも愛もまったく持てなかったのだ。

燃え尽きの兆候はなんだろう？

長いあいだ頑張りすぎていると、体、精神、感情、魂のどこかに、必ずそれを知らせる兆候が出てくる。ここからは副腎機能の低下を癒すにはどうすればよいかをみていこう。

副腎というものは、二つある肝臓の上にちょこんとのっている小さなクルミくらいの大きさの器官で、体のエネルギーを調節し、ストレスから守ってくれる。種類に関わらず、また精神面や感情面、体や環境によるものでも、副腎はすべてのストレスを引き受ける。ストレスは蓄積するものだ。負担が大きい仕事をしている、出張が多い、ヘルシーでない食事が続く、パートナーとケンカばかりしている、何週間も風邪をこじらせるなど、ストレスに次ぐストレスを受けても、副腎はなんとかしてあなたを守ろうとする。

副腎疲労や燃え尽きの症状は、疲れから疲弊感、ブレインフォグ、生産性の低下など多岐にわたる。ジェームズ・L・ウィルソンは著書『医者も知らないアドレナル・ファティーグ』（中央アート）の中で、不眠症や朝起きられない、ストレス、不安、パニック症状、うつ、すぐ泣く、落ち着きがない、脚や関節の痛み、入眠障害や起床障害、消化不良、砂糖や塩、脂、炭水化物への依存、起立性めまい、動悸、免疫低下、人生に対する喜びの不足、性衝動の低下、我慢がきかずすぐイラつく、圧倒される、骨粗しょう症などの身体的、精神的、感情的症状があるとしている。

心を癒す食べ物

副腎機能を改善しエネルギーを強化するために、日々の生活に取り入れられる食べ物はいろいろある。まず自分の食事を見直してみよう。たんぱく質(グラスフェッド〈訳注:牧草飼育〉の動物性たんぱく質や卵、オーガニックやグラスフェッドの乳製品、ナッツ、種子類、鶏肉、魚、シーフード)、良質の脂質(アボカド、ナッツ、種子類、オリーブオイルなどのコールドプレスしたオイル、オーガニックバター、ココナッツオイル)、果物や野菜類(葉野菜や緑黄色野菜をたっぷりと)、ヘルシーな炭水化物(サワードウ、オーツ麦、玄米、キヌア、キビ、根菜類、特に皮つきの小さなジャガイモはビタミンCが豊富で副腎機能に効果あり)は、それぞれ必要な量が摂れているだろうか。飲み物も重要だ。

診療中に疲労感を訴える人には、わたしはいつもヒマラヤ岩塩をすすめている。塩分を摂取しすぎる人は多いが、その多くは精製された白い塩を使っている。それを自然のままのミネラル豊富なヒマラヤ岩塩に替えるのだ。驚くかもしれないが、食事や水分に塩を加えると副腎機能は大きく改善すると、ウィルソン氏も言っている。

これは、疲弊した体内のナトリウムのレベルを整えるということだ。疲労感の原因となるのは、アルドステロンというホルモン（体内の水分量をコントロールする）の不足である。水分は多く取っているのに吸収していない感じがしたり、立ちあがるとめまいがしたり、すぐのどが渇くならば、ヒマラヤ岩塩を朝食と午後二時ごろに二つまみほど摂取するといい。すぐに効果が出るはずだ。

食べるときも自分にやさしく

ヘルシーとは言えないもの、たとえば精製した白砂糖やアルコール、カフェイン、加工食品などを摂らない、あるいは減らすことは重要である。

とはいえ、それは決して糖分を摂るなという意味ではない。果物やハチミツ、食材の中に自然に含まれる糖分については素晴らしい栄養があるとわたしは思っている。

何事も適度に、ほどほどにということを忘れずに。心が落ち着いているときに、一粒のダークチョコレートや赤ワインを一杯楽しむくらいなら、アーモンドバターとりんごを食べるのと変わらない。厳しく制限しないでほしい。ほどほどを頑張るより、自分にやさしくすることのほうが大切だ。

血糖値を安定させるよう心がけるのも大切なことだ。血糖値とエネルギー、副腎機能はつながっている。朝食は起きてから一時間以内に取るようにしよう。低血糖状態を避けるため、三、四時間ごとに何か食べること、食事や間食には必ずたんぱく質と良質の脂質を加えること。たんぱく質と脂質、炭水化物を組み合わせた料理を楽しもう。それにより体はいろいろな種類の食物のエネルギーを吸収することができるので、エネルギーレベルを上げることができる。炭水化物が最初で、次にたんぱく質、脂質の順にゆっくりと分解されるので、次の食事までに少しずつエネルギーとなるのだ。

摂取すべきサプリメント

いろいろな理由からサプリメントを敬遠する人もいるが、そこはどちらでも構わないと思う。わたしのクリニックに来る人には、運動療法やエナジーエッセンス、食事とハーブを組み合わせた療法を指導しているが、消耗し切った体には手頃なサプリメントが大きな効果を上げることもある。

正直に言うと、わたしは必要な栄養をすべて食品から摂取できるとは思っていない。そして、かなり消耗が進んでいる場合には、処方された高品質なサプリメントが体の機能の回復を早め、助けるのだ。

疲労の度合いが強い人にわたしがすすめるサプリメントを挙げておこう。

◆ビタミンD

これはとても重要なビタミンで、免疫システムを助ける（副腎疲労を軽減する）だけでなく、ガンやうつを予防することもわかっている。

◆ビタミンB群

さまざまな種類のビタミンBを混合したもの（B1、B2、B3、B5、B6、B7／ビオチン、B9／葉酸）。ビタミンB群はエネルギーサイクル（クレブス回路と呼ばれる）に重要で、気分やエネルギー、ホルモンバランス、消化や代謝などに関係する。

◆フィッシュオイル

質のよいフィッシュオイルは炎症を軽減し、幸福感や気分を高揚させ、ホルモンのバランスを整える。

◆ビタミンC

ビタミンCは特に副腎機能の回復に効果があるので疲れたときには必ず補給すべきだ。また免疫システムを正常に保つためにも重要で、酸化防止に効果があり、ストレスによるダメージから体を守る。

◆マグネシウム

心を落ち着けるミネラルであり、ストレスや不安を落ち着け、筋肉をリラックスさせ、入眠へ導く。エネルギーを高め、落ちこんだ気分を改善する効果もある。

◆ＣｏＱ10

これは体内で酸素を必要とするすべての細胞に酸素を供給する栄養素だと考えてほしい。特に心臓には効く。偏頭痛やむずむず脚症候群にも効果がある。実際に、高コレステロールの治療薬のスタチンを摂取している人は、ＣｏＱ10も同時に摂取したほうがよい（肝臓の機能を高めるマリアアザミと同様）。スタチンがＣｏＱ10の生成を止めてしまうためにむずむず脚症候群や筋肉痛を引き起こしている場合があるからだ。

おすすめのハーブ

体を癒しバランスを取るために、わたしはハーブなどの薬草を好んで使っている。心を落ち着かせ、癒し、整え、体にエネルギーをもたらすハーブを挙げておこう。

◆バコパ

不安を鎮め、認知力を改善する素晴らしいハーブ。冷静に集中しなくてはいけないない仕事で生まれるストレスに効果がある。

◆カモミール

カモミールティーは、すでに知られているだろう。神経を落ち着ける他、過敏性腸症候群など、感情や精神を原因とする消化器系の問題に効果がある。

◆チョウセンニンジン

わたしがクリニックで主に用いているのは、アメリカ産、韓国産、シベリア産の三種類。それぞれ効用が違う。アメリカ産のチョウセンニンジンは気分の落ちこみや消耗によく効き、刺激は弱く癒しの効果がある。シベリア産は身体能力を上げストレスの原因に対抗できるようになり、同時に気分を変え免疫能力を上げる。韓国産は疲労感に素晴らしい効果がある。しかし、細胞一つ一つに火花が散るような効果があるので、刺激が強すぎる場合もある。疲弊していたり、カフェインに敏感な人にはおすすめできない。チョウセンニンジン自体にカフェインはまったく含まれていないのだが。

◆カバ

不安に効く薬草の一つで、精神安定剤のベンゾジアゼピンと同様の効果があることがわかっている（フィジーに行った経験がある人は、カバの儀式で飲んだことがあるかもしれない）。認知能力を高め、倦怠感もないので、試験や面接、プレゼンの前に摂取するにはぴったりのハーブだ。わたしも大事な席でのスピーチの前に、たっぷりカバを飲んだことがある！

◆ラベンダー

心を落ち着けることで有名なハーブで、睡眠や気分転換に素晴らしい効果がある。また、カンジダ症や腫瘍の炎症にも効果がある。

◆レモンバーム

これも心を落ち着け興奮を鎮める（つまり神経系のバランスを整える）ハーブ。不眠症や不安、ストレスによる消化器系の症状に効果がある。

◆リコリス、地黄

この二つは、何百年も前から用いられている副腎の強壮剤である。別々で使うと違った効果があるが、一緒に服用すると疲労によく効く。リコリスは抗炎症性で、起立性めまいや砂糖依存(副腎の消耗に関係する)、咳止めに用いられる。地黄にも抗炎症性と砂糖依存を抑える効果があり、発熱を抑える。

◆トケイソウ

心を落ち着けるハーブであり、不安やストレス、落ち着かなさを鎮め、睡眠を改善する。動悸や「疲れているのに眠れない」という状態に効果がある。

◆イワベンケイ

好きなハーブを一つ挙げろと言われたら(どれも素晴らしい効果があるので決められないけど!)、おそらくイワベンケイだろう。

イワベンケイはヨーロッパと北米の中でもっとも環境の厳しい北極地方で育つハーブであり、何世紀ものあいだ強壮剤として使われてきた。凍った、湿って霜の下りたような環境で繁茂する。どんな場所でも、まわりがどんな環境でも生き抜く植物だ。イワベンケイは気分をよくし、精神や身体的な体制を整え、認知力と記憶力、学習能力を高める。抗炎症性と、高い抗酸化作用があることもわかっている。排卵を高めることもある。まるでハーブ界のスーパーマンだ。

◆セイヨウオトギリ

気分を上げるハーブとして知られる。抗うつ薬と同様の効果があり、副作用もないことがわかっている。ストレスを軽減する他、わたしの患者には感情面の改善が見られた。さらに、抗ウィルス性であり、特に疲労感のもとになる腺熱に効果がある。わたしが処方するハーブミックスにはほとんど使われていて、どのような程度の人にも効果が見られる。ただし経口避妊薬、抗うつ薬などの服薬中には使用しないこと。肝臓における薬の代謝を早め、薬効を薄めてしまう。

◆アシュワガンダ

これもわたしのお気に入り。アーユルヴェーダに用いられるハーブで、疲労や倦怠感に効果があり、慢性的な不調にも用いられる。不安を鎮め、血液を作る(貧血症の人や、ベジタリアン、ヴィーガンには最適)。体がさまざまな種類のストレス要因に適応するのを助ける。

ハーブの取り入れ方

ハーブは通常、液体（ハーブエキス）や錠剤の形で摂取する。適量は症状や体質によって変わる。中国の漢方医や、ハーブを扱う鍼灸師が処方する場合には、粉末のものもある。ハーブティーにする方法もあるが、これはハーブエキスで摂取するほどは効果がみられない。ハーブエキスはエタノール（アルコールなので肝臓で素早く代謝される）に抽出されているので、治療効果が高いからだ。エタノールの量はハーブのどの部分を使っているかで異なる。たとえば、樹皮の部分は花や実よりも抽出により多くのエタノールを必要とする。

自分が信頼できる、資格を持ったハーバリストや、自然療法医などきちんとハーブを学んだ人の指導を受けて摂取するのがよい。（普通の栄養士ではダメ――ハーブの勉強はしていないから）。

癒しの呼吸法

この本では、「消化はよく噛むことから始まります」というような初歩的なことを教えるつもりはない（そんなことはとっくにみんなわかっている）。「呼吸は、人生においてとても大切なことです」とも言わない（それも、もちろんわかっているはず）。

しかし、**深く澄み切った正しい呼吸をするための余裕を持つことは大切**である、とはあえて言っておきたい。余裕があることで、ストレスは手放せるし、新しい考え方を取り入れることも可能になるし、自分が一歩前に進むための、新しい気づきを得ることができる。罪の意識や嘆き、後悔を、呼吸と一緒に吐きだしてしまうのだ。

肺の経路が流れとともに感情を押し出すので、日常の中でラクに呼吸できるようになれば、エネルギーや心を軽くし思いのままに生きられるようになる。逆に言えば、心のバランスが取れなかったり、気持ちが行き詰まりエネルギーが増えたり減ったりしていると、嘆きや罪の意識、後悔が生まれるともいえる。

わたしの場合、身体的にはもちろん、エネルギーや感情面でも何かがおかしいときに真っ先に知らせてくれるのは肺だ。だからいつも肺をいたわるようにしている。

呼吸ができるように余裕を作る方法、肺をエネルギー的にきれいに保つ方法について挙げてみよう。

◆毎日、呼吸だけに集中する時間を作る

瞑想の一環と考えてもいいし、ソファーに座って深呼吸するだけでもいい。心を思うままに漂わせ、必要なところで吸いこんだ呼吸と一緒に戻す。ゆっくり息を吐く。

◆エッセンシャルオイルを使う

気持ちよく呼吸し、心と体を落ち着かせるために、エッセンシャルオイルに火をつけるのもよい。わたしの好きなオイルはローズマリーやグレープフルーツ、イランイラン、ラベンダー。

罪の意識、嘆き、後悔と向き合い、手放す

ときに自分を追い詰めすぎて、必要もないところで頑張りすぎることがある。その結果、嘆きと後悔が肺にたまって、もともと弱い部分、たとえばぜんそくなど呼吸器の症状を悪化させたり、肺全体の悪化、つまり気管支炎や肺感染症の原因となったりする。

わたしは気管支炎を起こし、そこから急性の喘息になって、一晩中眠れなくなったことがある。だいたい午前一時から三時くらいまでは、肝臓がエネルギー的に一番活動的になる時間だ。わたしはそのとき罪の意識や嘆き、意地を手放すことができず、解毒できないまま、午前二時ごろに咳が止まらなくなった(まさに、肝臓の時間)。感情や考え方、人生の進め方が体に影響を及ぼすということを、これで理解してもらえると思う。

そのときは何か月もかけて(運動療法、霊気療法、ヨガ、ジャーナリング、沈黙、手放していいと自分に言い聞かせる、それに大量の大きなため息)、ようやくわたしは不要なものを手放すことができたのだった。

ストレスは呼吸を止める

まだメイクの仕事をしていた頃(今の仕事に転向する前のこと)、モデルに黒いアイラインを引くときは無意識に息を止めていた。それで人生が変わるほどのことはなかったが、緊張すると人間はちゃんと呼吸しないというよい例だと思う。ストレスを感じたり、疲れたり不安だったりすると深い呼吸をしないので、それが交感神経に影響を与え(いわゆる戦うか逃げるか反応。敵におそわれた動物が、すぐ行動できるよう全身を緊張させる状態)、そのままストレス状態にいることになる。

最近クリニックに来たある女性が、ちゃんと呼吸ができないと感じることがよくあると言っていた。対面相談では肺のツボと、ユーカリプタスの入ったエナジーエッセンスが効果を発揮した(胸の症状やしつこい咳にはユーカリがよい)。彼女は多くの嘆きや罪の意識、後悔を抱えていた。心のバランスが悪いと、肺に悪いエネルギーがたまりがちだ。わたしは彼女に呼吸法を教えたりはしなかった。ただ心を落ち着けるような音楽を流し、わたしがハーブエキスを作るあいだ、静かに横になっているように言って部屋を出た。一人でゆっくりと呼吸できる空間を作ってあげただけなのだが、彼女はずいぶん胸がラクになったと言っていた。

体を落ち着かせるには、自分でゆっくり深呼吸をしてもいいし、呼吸法を取り入れてもいい。わたしは心がちょっとピリピリしてきたなと感じたら、片鼻呼吸法のヨガを行う。ぜひ動画を検索して、波動を感じてみてほしい。とても簡単だし、禅の境地に達することもできる。最高だ。

Theme 3

セルフケアと癒し

初めて燃え尽きを経験したとき、セルフケアの方法を見つけなくてはいけないとわたしは思った。そこで週末には一週間分の稼ぎを思い切り使って、罪の意識もなく自由に楽しむことにした。マニキュアのようなちょっとしたことから、カフェで一人のんびりとランチを取ったり、マッサージを受けに行ったりして、贅沢をし、甘やかされた気分になった。それを数か月続けてようやく、自分にエネルギーが戻ってきたと感じることができた。この罪悪感抜きのセルフケアは、とてもおすすめだ。

エクササイズはゆるめに

疲れたと感じているときに、週に六日ジムに通ったり、毎日一時間のランニングやウェイトトレーニングをしたりしても効果は出ないだろう。実はエクササイズも一つのストレス要因であり、自分にとってよいものにも悪いものにもなり得る。筋肉にウェイトや体重などの負荷をかけ、そのあと修復の時間を取って筋肉がつき強くなるのはよい効果だ。しかし、**もし疲れた体にムチ打ってジムに行っているなら、それはすでにストレスがたまった体にさらにストレスを加えるだけだ。**事実、激しいエクササイズは免疫システムを消耗させ、病気になる確率を上げる。

わたしがおすすめするのは、ゆったりとしたウォーキング(自然の近くならなおよし)、軽いヨガのセッション(ハタヨガや陰ヨガ、ヴィンヤサフローなどがよい。ホットヨガは向かない)、その他刺激の弱い、軽くできるようなエクササイズ、たとえばピラティスやスピニング(訳注:バイクエクササイズ)などだ。

体型に自信がない場合、エクササイズを軽くしたり回数を減らしたりするのはよくないと思うかもしれないが、これは本当に効果がある。体には、エネルギーを補給し、修復し、癒される時間が必要だ。**ゆるいエクササイズに慣れれば、身体に受けているストレスを下げつつ、エクササイズによる効果が上がることを感じられるだろう。**ストレスが減れば、体重を減らしたり体のバランスを取ったりすることは、身体的にも心理的にもとてもラクになる。

エクササイズによって精神やモヤモヤした感情、行き詰まり感を解消することができることについては、ジョン・J・レイティの著書『脳を鍛えるには運動しかない！　最新科学でわかった脳細胞の増やし方』(NHK出版)でも取りあげられている。エクササイズは体よりもむしろ脳にとって重要であるという、詳しい研究結果が紹介されている。うつや不安、ストレス、ホルモンの不調に効果があるだけでなく、日々のエクササイズは脳にも素晴らしい変化を与えるという。

レイティはこう記している。「エクササイズの素晴らしいところは、筋肉やニューロンの回復を速めることだ。体や精神は強くなり、回復も速くなるし、将来に向かう気持ちを持ち、しっかり地に足をつけて考え、もっとラクに順応することができるようになる」

だから毎朝のウォーキングやヨガ、公園のジョギングは、ヘルシーなライフスタイルや健康的な体を作るだけではない。脳の健康のためにもなるのだ。集中力を養い、幸せを感じ、ぐっすり眠り、自分自身を守り、ストレスや不安を減らし、学び、記憶し、ホルモンのバランスを取り、その他にもたくさんのことができる脳になるのである。

瞑想で自分を整える

わたしは瞑想が大好きだ。ガイドつきの瞑想を、一日の終わりにチャクラを浄化したり、日中に頭をすっきりさせるために行っている。これは、わたしのクリニックに来る人にもすすめている。

さまざまな研究結果で証明されているが、瞑想は心と時間をまわりから遮断して行うことが大切だ。数分間、沈黙の中で過ごすと最高のアイデアが生まれることは、わたしも何度も経験している。

瞑想なんてやったことないという人には、これを試してほしい。

「あなたの魂は今、パソコンの中にたくさんのブラウザが開いている状態だと想像してほしい。腰を下ろし、ゆっくりと深呼吸を何度か行ってから、そのブラウザを一つずつ閉じるところを思い浮かべよう。すべて閉じたら、静けさと、ゆっくりとした自分の呼吸に意識を集中し、また新たにブラウザを開いてもいいと思えるまで待ってみよう。先ほどと同じだけ、全部開く必要はない。必要な分だけ、いくつか。新たに開いたブラウザの準備ができたら、目を開けて、いつも通りの作業を始めよう」

必要ないと思っても、休む

これは説明するまでもないだろう。疲れたら、休むことも必要だ。スケジュールを空け、休むスペースを作り、楽しんでいいのだと自分に言い聞かせ、罪の意識をなくす。休む必要なんてないと思っても、必ず時間を空けた分だけ休もう。わたしのクリニックでしばらく前に、たまたま週に一人しか予約が入っていないことがあった。のちに、その時間がわたしには本当に必要だったとわかる。その前の週に、本を書く時間をそろそろ取らなくちゃと友達と話していて、そうしたら――ジャーン!――まるまる一週間空いたのだ。

何かを求めるときは、時間とスペース、その他に必要なものも含めて考えよう(それが何かはよくわかっていなくても)。そうすれば、宇宙がなんらかの形でそれを与えてくれる。心の準備をして、大きく両手を広げて待っていよう。

いっぱいいっぱいの状態を手放し、自分の思う通りにしよう

クリニックで運動療法を行うとき、ベッドに横たわり、そのセッションのゴールを設定する段になると、よくこういうことを言われる。「また、何もかも自分の思う通りにできる気持ちを味わいたい」

その気持ちはよくわかる。すでにスケジュールはぎっしり、今すぐには何もできそうにない、今はいっぱいいっぱいだけど、自分をいたわるために時間を取ることができれば、もっといろんなことができるのにと思っているのだろう。本当にその通りだと、わたしは知っている。**自分の人生ややることとリストに向き合うならば、いっぱいいっぱいの状態よりも、すべてをしっかりとつかんだ幸福な気分のときの方が、短い時間でたくさんのことを成し遂げられる**ものだ。

やることとリストがありながら、何もかも自分の思う通りにできていると感じられないのは、やり方が十分でないせいではない。疲れ果て、自分は何もできないと感じているからだ。だからすぐにでも自分をいたわってあげれば、その分早くいろいろなことに取り組めるし、自分の人生をもっと愛することができる。

罪の意識を手放し、自分を最高に大切にしよう

自分にはセルフケアをする価値もないと思わせているのは、罪の意識やつまらない感情だ。そんなものいらないと意識すれば、すぐに手放すことができる。いつまでも罪の意識を感じている方が難しいかもしれない。

自分をもっと大切にしなくてはいけない、それに罪の意識を感じることはないと自分で気がついたときのことはよく覚えている。最初は少し難しかったが、だんだんとラクにできるようになると、わたし自身セルフケアが楽しくなってきたものだ。

罪の意識をどうやって手放せばいいか、そして心の底から自分を大切にするにはどうすればいいかを考え、今日からさっそく始めよう。

Theme 4

エネルギーの境界線を作る

疲労や消耗、燃え尽き、人と比べる気持ちを癒すには、しっかりとしたエネルギーの境界線を作り、それを強化することだ。エネルギーの境界線とは、自分がどこまでは「イエス」と言い、どこからは「ノー」を言うかという範囲を決めるものであり、自分はまわりにどう扱われたいか、どうコミュニケーションを取るかをはっきりさせるものであり、個性の強い人たちだらけの部屋に入ったときに退室するか、それとも立ち向かっていくかを線引きする基準でもある。それを自分で決め、作るのだ。

境界線は目には見えないが、魂では強く感じられる。それがしっかりしていれば、自分は守られ、どっしりと自分の足で立ち、バランスが取れていると思える。必要がないとか、やることではないと思ったものからはエネルギーをそらし、自分を疲れさせる相手にはムダにエネルギーを使わないようにできる。

しかし、境界線にが弱いと、すぐ相手に消耗させられ、人のエネルギーに負け、優位に立たれてしまうし、回復力や内面の強さも失う。それだけでなく、自分らしくない決断をしてしまいがちだ。なんとなく苦手な相手と一緒に過ごしてしまったり、あるいはその相手のことを考えたりしただけでも消耗する。主張するのが億劫で、他の人の心配や不安、悩み事を勝手に自分に引きこんでしまい、自分の方が体調を崩してしまう。

シンディ・デールは著書『Energetic Boundaries』（エネルギーの境界線／日本未訳）の中で、境界線が破壊されると大きく三つのことが起こるとしている。

1・境界線に柔軟性がなくなる、または固定される。まわりの人を遮断しなくてはならないと感じ、他人を信じられなくなって孤立し、疎外感を感じる。

2・境界線を通過できるようになる。つまり自分を後回しにする、無視する、使い捨てる、バカにする、なんのご褒美も与えず放っておく。

3・境界線が穴だらけになる。エネルギーの境界線のあちこちに穴が空くと、ドアが開きっぱなしのような状態で、他の人のエネルギーが簡単に入ってくるようになる。病気やネガティブな考え方なども一緒に入ってきて、生命力を失う。

丈夫な境界線を作らなくてはならない重要性がよくわかったことだろう。だから愛で強化し、後押しすることが必要なのである。

境界線を強化するには

わたしは単純な境界線を決め、それを強化していくようにしている。意志を設定することでも、日記に書き出すことでもいいし、宣言したり、自分がどう思っているのかを人に話したり、自分がそこにいたくないと思ったらすぐその場所を離れるようにする(あるいは、そもそも行かないようにする)。そうすると自分のエネルギーや、自分で立っているという感覚、自信につながり、境界線の強化になる。

自分には丈夫な強い境界線がないと初めて気づいたときのわたしは、ひどく動揺していた。同じ週のうちに三つも大きな出来事があって、嫌な気持ちで、後悔だらけで、腹が立って、感情的になっていた。それは人のことも全部自分のせいだと思いこんでいたからで、はっきりとした境界線は自分の中になく、もろくて強化もされていなかった。

それ以来、わたしは自分の境界線をしっかり守り(愛し)、自分のエネルギーが守られ、バランスが取れ、百パーセント自分のものであるように気をつけてきた。それは自分を大切にするためだけでなく、まわりの人に思いやりを持つためでもある。わたしの境界線がしっかりしていれば、あれこれ手を広げすぎて燃え尽きることもないし、わたしのエネルギーで人に迷惑をかけることも、人を助けようとして自分が傷ついてしまうこともないからだ。

境界線がないと、どうなる？

しっかりとした境界線がなく誰でも立ち入り自由の状態だと、人にエネルギーを使われてしまうことがある。これは目の前にその相手がいる場合でも、電話越し、メール越し、あるいはスカイプでも、たまたま開いたＳＮＳの画面からでもそうなることがある。

使われてしまうというのは、他の人のために自分のエネルギーを使うということであり、自分の境界線をしっかり守っていなかったり、無意識のうちに他の人のことを自分のことのように感じてしまうときに起こる。

たとえば、ランチに出かけたら友達がずっと自分の身のまわりに起きた不幸話を続け、別れたあとになぜか自分の方が落ちこんでしまったという経験はないだろうか？　わたしのまわりにも、会う前からわたしを落ちこませる人が何人かいる。そういう状況にならないよう、わたしは自分のエネルギーをがっちり防御してから出かける。

ただし、限られた場面では人にエネルギーを使われるのにはいい面もなくはない。運動療法のセッションをスカイプで行うとき、了承のうえでわたしのエネルギーを相手と取り換え、バランスを整えてあげることがある。セッションのあとには、自分のフィールドの中からきちんと相手のエネルギーは消しているけれど。

ビジネス戦略家でエネルギー・アルケミストのヒロ・ボガはこう言っている。「自分自身の感情と思考を区別し、自分が吸収したエネルギーを集めて、自分自身を知ることを始めましょう」人にエネルギーを使われていることに気づくことはとても重要だ。自分を守り、浄化し、エネルギーのバランスを取れるようになろう。

境界線を愛すれば、自分に戻ってくる

境界線を愛するという考えを、最初は怖いと感じるだろう。どのように作ればいいのか、どうすれば強化できるのかもわからないし、何より結局は自分が困るのではないか、人に

嫌われるのではないかと心配になるだろう。自分が感じた通りに、「ノー」と答えることには、誰もが罪の意識を感じるものだ。勝手に卑下しておきながら、同時に罪の意識と後悔を感じている。このまま続けることはできないとわかっているのに、自分を恥ずかしく思い、変化できないでいる。

しかし、自分の思いこみは真実と大きくかけ離れている。**恐怖や混乱のためでなく、愛とセルフケアを中心に置いて境界線を作ることができれば、必ずそれは自分のためになる。**想像してみてほしい。自分のエネルギーにここからここまでと線を引き、自分を大切にすることができればその見返りはちゃんとある。それに気づけば素晴らしい気分になれるのだから、そのためには……丈夫な境界線を作り、それを愛で強化すればいいのだ。罪の意識は抜きで。

奇妙だけど素晴らしいこと

境界線は、不思議な思いがけない方法で愛を返してくれる。ときにそれは、自分が本当にそれを求めているのか見直し、境界線の強さを試されるという形になることもある。

あるとき、わたしのクリニックにはなかなか心を開けず結果が出ない人が何人かいた。彼女たちが悪いわけではなく、自分が療法士として最適ではないせいだということはわかっていた。わたしの方が彼女たちに集中できなかったからだ。そこで日記に、宇宙にあててこんなことを書いた。

「予約がいっぱいなのはうれしいんだけど……この療法も、今来てくれている女性たちも、自分には合っていないような気がする。なんとかならないだろうか？　もっとわたしの助けを必要としている人がいると思う」

そして、自分に合っていると思う人のタイプを書き出していった。感情を集中させるため、自分自身で運動療法を行ってバランスを整えた。

その後何日かして、ちょっと笑ってしまうほど（いい意味で！）自然療法など興味がなさそうに見える新規の人が三人も、クリニックに予約を入れた。わたしのウェブサイトを見たこともなく、みんな、診療と言っても何をするかわかっていなさそうだった。わたしはそれぞれに電話をかけ、診療ではなくビジネスの相談をしたいと言った。みなわたしが正直にそう言ったことで、喜んで予約をキャンセルしてくれた。わたしは自分に合った人について少し幅を広げて考えるようになった。

うまく運んだのはよかったが、落ち着いてからわたしは考えた。これって、日記にいろいろ書いたから？　境界線をはっきりさせたからこうなったのだろうか？

答えはすぐに出た。宇宙がわたしの願いを聞き届けてくれたから、わたしは境界線を強化することができたのだろう。試されたわけだ。本当にクリニックの利用者を増やしたいのか？　どれくらい考えているのか？　自分の境界線がうまく作れていないことを、新しい予約によって試されていたのだと気づくことができたのは、わたしにとって大成功だった。

エネルギーを守り、浄化し、バランスを取る

エネルギーの境界線は、それを愛することで強化できるし、エネルギーを守り、浄化し、バランスを取ることもできる。方法はいくつかある。

わたしが好きな方法は、地球とつながる瞑想、深く深呼吸しながらビーチを散歩すること、運動療法や霊気療法のセッション、エプソム塩を入れての入浴、意志の設定や自己暗示を運動療法やエネルギーバランスを整える合間に取り入れることなどだ。

意志と自己暗示

自分のエネルギーを守りたい、というシンプルな意思の設定はエネルギーシステムに力強い効果をもたらす。

自分に合った意志や自己暗示の言葉を選び、日々の生活に活かしていこう。

◆わたしは百パーセント自分のエネルギーを守っている。
◆わたしは自分のエネルギーを守ることが簡単にできる。
◆わたしのエネルギーは、百パーセント自分自身のものだ。
◆わたしにとって、自分のエネルギーが浄化され、守られ、地球とつながっていると感じることはとても簡単だ。
◆わたしは愛を持って自分の境界線を守ることができる。
◆わたしには、自分のために、地球とつながらせてくれるしっかりとした境界線がある。
◆わたしのエネルギーは浄化され、バランスが取れ、地球とつながっている。
◆わたしにとって、境界線を作り、それを愛で強めていくことは簡単だ。

義務感をなくす

自分の体、精神、感情、魂を大切にすることができるようになったら、それは自分の魂とつながるドアを開いたということだ。日々、義務感をなくし、自分自身が心から求めるものを生み出し、日常生活の中で入ってくるもの、出ていくものに惑わされずにいられるということ。他人と比べる気持ちや、いっぱいいっぱいになる気持ち、頑張りすぎることは、自分が疲れ果て、消耗してしまったときに起こる。

疲れ果て、自分で自分を大切にできなくなると、そこに大きな穴が空いてネガティブな感情が流れこみ、体の組織から関節、筋肉、精神、感情、魂までやられてしまうのだ。

第5章

あなたはあなたのままでいい

Theme 1

自分自身を信じよう

自然療法士として仕事を始めた一年目、わたしは薬用のハーブエキスをブレンドするセミナーに参加した。講師は経験を積んだ、業界でも尊敬されている自然療法士で、患者の症状の判断や治療方法は人によって異なるということについての講義だった。

五十人ほどの参加者を見渡して、講師はこう言った。「同じ事例を渡し、同じ薬局でみなさんにハーブミックスを作ってもらったとします。おそらく、全員が違った組み合わせのものを作ることでしょう。でもそれでいいのだと、わたしは思うのです」

あなたは明日、念願の著書を書き始めるかもしれない。あるいは、ブログを開設し最初の一行を投稿するかもしれないし、それが五十回目の投稿かもしれない。明日書き始めたデザイン画が、のちに思いもよらなかったほどのヒットを飛ばすかもしれない。

どのような場面でも、自分らしさのある方法で人と交流したり、自分を表現したりする

ことだ。これでいいのかと思い悩まなくていい、どんなことをしたって、それはあなたにとって、正しいことなのだから。

あなたがわたしと同じように、自負心や自信、自分を受け入れることについての本を書くかもしれない。でもきっと、それはこの本はまったく違うものになるだろう。アイデアは同じでも、違った考え方で理解し、書いているのだから。

あなたの状況、意識、細胞が、あなた自身を人とは違った素晴らしい人間にしている。あなたはこの世にたった一人の、特別な人間だ。それを信じよう。そう信じて前に進もう。波動を上げ、自信を持とう。澄み切った心を信じ、進む道をはっきりさせよう。導きに、知恵に、知識に、心を開こう。自分自身を信じ、それ以外のものは手放そう。だってあなたは、あなたのままでいいのだから。

すべてをまとめて

これが最後の章なので、今後あなたが自分の人生を歩んでいくためにこの本で学んだことをここでまとめておこう。

◆不要なものを捨て続けること。
◆一番いい自分でいてもいいのだと、自分に言い続けること。
◆自分がもっと自信を持ち、自負心を保てるよう、心を整え、エネルギーを活かし続けること。

あなたが自分自身を取り戻し、失敗しても立ちあがり、思いやりと反省と気づき、そして自分はありのままでいいのだという自負心、そして一番いい自分はいつも自分の中にあるという感覚を持てるよう願っている。

メモ帳やスケジュールに、やらなくてはいけないことを次々に書きこむ必要はない。自分の手が届かないところにまで手を伸ばす必要はないし、自分ではない人間になる必要もない。

心に傷がつく前に、問題を見つけよう。毎日自分を浄化し、癒してあげよう。自分を動けなくしているものを手放し、エネルギーのバランスを取り、自分のためにスペースを作ってあげよう。

何度も言うが、自負心は生きていくうえで一番大事なものだ。それは生まれながらに持っているものだから。そう思えるようになるためにあちこち方向転換をすることはないはずだし、時間もかかりはしない。魂は時間通りではなく、本当に必要なときやスペースを作れたとき、心を開けるようになったタイミングで、ふいに成長するものだ。**自分に価値を感じられず、もっと自分を変えていこうと決めたときではなく、自分に価値があると気づき自分を受け入れられるようになったときに、魂は成長するのだ。**

自負心と自尊心があるのが自然な人間の姿なのに、自分には価値がないと思うと本来の自分からどんどん離れていってしまう。自分はまだ十分ではないと言いながらも、それは単なる思いこみだということは自分でもわかっているはずだ。だから、方向転換はすぐにできる。自分に価値はないと思っても、次の瞬間すぐに、価値はあると自分に言い聞かせよう。

世界は、そのままのあなたを愛している。そのことに気づきさえすれば、そしてそれを信じさえすれば、あなたはありのままの自分を愛することができるし、その思いと恵みを世の中に広げていくことができる。世界が求めているのは、疲れていない、ストレスのない、燃え尽きていないあなただ。世界は一番の、しっかり地に足のついた、自信に満ち自立したあなたを必要としている。不安と、恐れと、悩みと、完璧主義と、先延ばしの下に、そんなあなたが隠れているはずだ。

最高のあなたは、そこで呼び出されるのを待っている。だから本当のあなたを早く表に呼び出してあげてほしい。だってあなたには、それだけの価値があるのだから。

新島になろう

今ちょうど新聞で、海の中から現れた、世界で一番新しい島の記事を読んだところだ。火山の大噴火によってトンガの群島の中にできたもので、専門家によると誕生したときと同様に、急激にまた沈む可能性もあるらしい。まだできたてほやほや、名前すらついていない新島だ。

その島が灰の中から現れたというのがとても魅力的だ。写真で見ると、黒くて美しい島がアクアマリン色の小さな湾の中に浮かんでいる。不死鳥の誕生を思わせるその島は、何もないところから何かを生み出すことができること、物事の自然な姿は、ちゃんとそのときが来れば現れるということを教えてくれた。

だから、わたしはこう思ったのだ。これまでどんなことがあったにせよ、そこから立ちあがると今日決めたっていいのだ。心に決めたら、それを実行すればいい。

今の自分を、今いる場所を、そして自分の人生はこういうものであると、今この瞬間に受け入れることで、人生を変えることはできる。自分自身の新島になろう。

苦しみと不安から、自分ではどうにもできないような難しいことから、美しいものを作りあげるのだ。自分が求めるもの、必要とするもの、どうしても作りあげたいものを、あなたは生み出すことができる。

あなたは一番いい自分になれるし、人と比べる罠から自分を解放してあげることができる。一番いい、輝かしい、健康的な自分へと、ありとあらゆる面で自分自身を導くことができる。

あなたにはすべてできる。自分自身を、いますぐ受け入れることができれば。あなたが、あなた自身の新島になるのだ。あなた自身のルールを作っていい(そのルールを曲げても、破っても、必要がなくなれば手放してもいい)。今日の自分自身をホメてあげよう。あなたならできる。だって、あなたは今のままのあなたで十分なのだから。

Theme 2

「今のままのわたしでいい」と思える自己暗示

この自己暗示の言葉は、必要なときにいつでも、自分の気分を上げるために使える。ただし、これを言う前にジャーナリングなど書き出す作業をして、自分の感情を邪魔しているものを徹底的に取りはらうこと。

◆わたしは十分やれている。
◆わたしには価値がある。
◆わたしは価値を持てるだけの努力を百パーセントしている。
◆わたしは自分の価値を信じている。
◆自分には価値があると思うことはわたしにとってよいことだ。
◆自分には価値があると思うことはわたしにとって簡単なことだ。
◆わたしは本当の目的のために努力している。

◆自分の道を進むことは、わたしにとって簡単なことだ。
◆わたしは、自分の好きな未来を作ることなど簡単にできる。
◆わたしは、人と比べてしまう気持ちを手放す。
◆わたしは、自分が十分やれていると知っている。
◆わたしは、受け取る準備ができている。
◆わたしは、恵まれている。
◆わたしは、自分のために恵まれた人生を作る。
◆わたしは、自分の直感に耳を傾ける。
◆わたしは、直感に従う。
◆わたしは、内なる導きの声に耳を傾ける。
◆わたしは、自分自身との深いつながりを手にしている。
◆わたしは、自分の心が求めるものをはっきりわかっている。
◆わたしは、自分自身を受け入れる。
◆わたしは、自分自身が大好きだ。
◆わたしには、自信がある。
◆自分が求めるものを作ることは、わたしにとってよいことだし、簡単だ。

◆わたしは、行動を起こす。

◆わたしは、待てる。

◆待つことは、わたしにとってよいことだし、簡単だ。

◆わたしは、自分がいるべき場所にいると信じている。

◆わたしは、自分の道を信じている。

◆わたしには、自分の未来がはっきり見えている。

◆わたしには、自分の未来を夢見ることは簡単だ。

◆わたしは、自分が正しいことをしていると信じている。

あとがき

完璧主義や燃え尽きた読者へ

この本を書き始めるまでは、わたしは書くことが怖くてたまらなかった。わたしが本を書こうとしていると知るとほとんどの人がこう言ったからだ。「あら、大変ね！　すごく働かなきゃいけないでしょう！　つらいわよ！」しかし、そんなことを言う人の中に自分で本を書いた経験のある人はおらず、わたしはアドバイスを無視した（そもそもアドバイスにもなっていなかった、ただその人が不安に思うというだけの意見だったから）。自分がやらなくてはいけないのはたった一つだと、わたしは心に決めた――腰を下ろして、書くこと（あ、二つだった）。

そうなるとスケジュールはすべて白紙にしなくてはならないだろうし、家から一歩も出られないうえランチは不規則な時間に仕事机で食べることになるだろうし、お茶だって冷めたのを飲まなくてはいけないだろう、ちょっと立ってやかんを火にかけることすらできないだろうから、と最初は思っていた。お出かけの誘いはすべて断ることになるだろうし、とにかくこの本を書きあげるまでは、週末にのんびりなんてできないと思っていた。

ところが……どれもハズレだった。早朝のヨガクラスにも、バーレッスンにも、スピニングや筋トレのクラスにも出た。朝はカフェでコーヒーを飲みながら書いていたし、戻ってから家でもう少し書いて、そのあとは通常通り仕事をした。午後は休みにすることもあったし、平日に友達とランチに出かけたり、週末には夫や家族、友人とブランチにも、ランチやディナーにも出かけていた。クリニックは通常営業したし、その他の仕事も普通に受けていた。

あるとき、友達の一人がこんなメールを送ってきた。「どうやったらそんなになんでもできるの？」わたしはこう返した。「なんでもやってるわけじゃないわよ。やりたいことと、自分でやると決めたことと、必要なことだけやるの。その他のことには正直に、でも丁寧に、愛情をこめて、「ノー」と言うだけ」

そうしているので、「ノー」と言うなんて勝手すぎると人に思われても罪の意識は感じない。わたしは相手に正直であるようにしている。ヨガのクラスがあるから早めに切りあげたいなら、そう言う。疲れてしまって、自分一人の時間を過ごしたいなら、そう言うだけだ。このあいだ友人から連絡があり、ちょっと会えないかと聞かれたので、わたしはこう答えた。「いいわよ、でも四時には家に帰ってベッドでダラダラしたいからそのつもりでね」彼女は笑って、自分もそうしたいと言ってくれたので、わたしたちは一緒に楽しくランチを食べた。そしてお互い、家に帰ってベッドでのんびり過ごしたのだ。最高！

　この本を書きながらわたしがやっていたことのうちのいくつかは、何かを生み出そうとすると心の中の完璧主義者に「やめなさい、もっと上手にやりなさい、もっとやるのよ、もっともっと、さあ！」と怒鳴りつけられているあなたならきっと楽しんでもらえると思う。わたしにはその気持ちがわかるから。だからこそ……あなたの助けになりたい。

　わたしは毎日書いていたが、本当にが必要になったら数日休んでいた。一日で最低、千語を書くことを目標にしていた。語数を千と決めることで、あまりプレッシャーを感じずに毎日書き始めることができた（「第七章が終わるまでは立ちあがってはダメ」という決め方ではなかったから）し、本当に千語しか書いていなくても、そこで切りあげることに罪悪感を感じなくて済んだ。プレッシャーはなしだ。千語以上書けたら幸せだった。千語ちょうど書けたら、やっぱり幸せだった。もし一章全部書きあげられたら、素晴らしいことだ。あっちの章こっちの章と書いて、続けられないまま放っておいた文を最後まで書くことができたら……最高の気分。そしてもちろん、千語まで書けないような日もあったけれど、幸いそれで世界が終わったりはしなかった。

一日何語と決めて書くというやり方をしたことはそれまでなかったけれど、わたしにはうまくいった。一日最低千語書けば、一か月で三万語だ。つまり二か月で六万語の計算になる。目標を低く見積もってプレッシャーをなくすという作戦が功を奏し、わたしは六週間で約六万語を書きあげていた。

気が散る原因もなく、いったん腰を下ろして、目はパソコンの画面に、心はオープンにしてしまえば、千語というのはラクに達成できる数字だ。たいていわたしが本を書いていた時間は午前七時から九時までで、そのあとは普段通りの仕事をし、普段通りの生活をしていた。

書き始めた最初の日、わたしはふざけている若者の写真をインスタグラムにあげ、そこに大好きな作家のトッド・ヘンリーをタグづけした。というのも、一日千語というのは彼の著書『The Accidental Creative』（偶然の創造性／日本未訳）からヒントを得たものだったから、そのことを写真と一緒に投稿したのだ。するとすぐに、トッド本人からリプライが来た。
「本を書く人なんて誰もいないよ。みんなちょっとずつ書いたものをまとめて一冊にしているだけさ」これはわたしが今までもらった本を書くアドバイスの中で断トツだ。どうにもならなくなったとき、この言葉を思い出すとエネルギーが補給されるように感じたし、実際このアドバイスがあったからこそ、行き詰まることもさほどなかったのだと思う。目の前の階段だけ見ていればいいと思えたし、見えている部分だけならなんとかなると感じたから。

ひたすら書き続け、できあがったものには目を通したり手を加えたりはせず、何週間か置いておいた。実は途中で、オーストラリアの東海岸にあるバイロン・ベイに三日間一人旅をして、自分にご褒美をあげていた。自分をいたわる方法の中で、これは最高だった。自分のために場所を取り、なんの期待もなく過ごせた、素晴らしい日々だった。

内なる完璧主義者は、全体像も見えないうちから、書いたらすぐに手を加えて、構成を考えて、パラグラフを整え章立てを考えなさいと急きたてるだろう。しかし、心の中の仲間には、自分より先に全体の構図が見えている。だからぐちゃぐちゃでめちゃめちゃでもとにかく第一稿を書きあげて、それをちょっと寝かせておき、まずはマグカップいっぱいの熱い紅茶をゆっくり味わい、ペンは耳の上に挟み（別にそうしなくてもいいけど、その方が構図としてはおもしろいかな、と）、着心地のいい服を着て好きな音楽をかけ、それから自分の心が赴くままに手を加えればいいと言ってくれる。

もうおわかりだろう。夢を追いかけるなら、自分の本を書くなら（あるいは、自分が本当にやりたいと思っていることをやるなら）、満ち足りて、充実して、全力を尽くせると思えたときでいいということだ。

あなたはたっぷりと、どんな部分でも、自分自身をいたわっていい、それからでもちゃんと進んでいける。これは本当だ、自分を本当にちゃんと大切にできたときに、初めて本当の人生が始まるのだから。

それではまた。キャシーより　愛をこめて

感謝をこめて

まずはヘイハウス社のみんなにお礼を。あなた方がいなければ、わたしはこの本を書くことができませんでした。わたしにチャンスをくれたレオン・ナクソン、ありがとう。「やあ、ヘイハウスのレオンだけど」といって電話がかかってきたあの瞬間を、わたしは一生忘れません。そのとき、夢が叶ったのだから！

ロージー・バリー、いつも寛大で、やさしくて、ちゃんと感想をくれて、応援しながら待っていてくれてありがとう。あなたがわたしのチームにいてくれてうれしいです(いや、わたしがあなたのチームにいさせてもらったのかも)。フレイヤ・トマソン、エリン・ダン、レット・ナクソン、エリ・ナクソン、マギー・タブス、進行をできるかぎりスムースに、楽しくしてくれてありがとう。このチームはなんて素晴らしいんだろう！

アリス・ニコルス、いつもサポートしてくれてありがとう、あなたのメールはわたしを笑わせてくれます。「ハロー」と言うだけでうれしくなるの。あなたはとても楽しくて、やさしくて、賢くて、刺激をくれる人です。あなたと知り合えたこと、一緒に本を作れたこと、あなたの文章がわたしの本の序文にあることはわたしの喜びです。ありがとう。

わたしの大好きな友人たち、いつも愛と、友情と、サポートに感謝しているし、この本を作るにあたってもいろいろ協力してくれました。ブリオニ・スタンダー、ジュリア・トッカー、アリ・ゴードン、メリッサ・ポロヴィン、ジョディィ・ヨーク、ジョーダナ・レヴィン、ケリー・ロウェット、カラ・フィリップス、クリスティン・ゴールディング、エリス・グラウア、リビー・バベット、サラ・ブルック、ルイーズ・ジェッケルス、シモーネ・マッキャン、マーゴット・マクドナルド、リア・ケリー、アーニャ・スパイサー、ジャネット・ブラウン、コニー・チャップマン。みんなありがとう。

ネヴァーランド・スタジオのダニ・ハント、この数年いろいろ本当にありがとう、あなたと知り合えて、そして一緒に仕事ができて本当に運がいいと思っているわ。あなたとの友情、そして一緒に仕事ができることはわたしの宝物だし、これから一緒に何を作りあげられるか、待ち切れない気分よ。

わたしをサポートし、刺激を与え、本を書くことを導いてくれた素敵な女性たち、ヒーラーたちに感謝しています。ヘレン・ジェイコブス、クレア・トーマス、レイチェル・セウェル、ありがとう。

ヘイハウス社の作家ワークショップの仲間たちにも感謝を。一緒に出版を勝ち取ったセリーナ・グレゴリー、サポートしてくれてありがとう。同じ時期に、お互い初めての本を書くという経験ができて、ほんとに楽しかった。わたしたちって運がいいわね？　そして同じへイハウス社から本を出しているメーガン・ダラ＝カミナにもお礼を言います。あなたが企画書を書くことをすすめてくれなかったらこの本はできなかったし……本当はあなたが本を出していたのではないかと思う。あのメールのやり取りは、人生を変えたわね。

わたしのクリニックに来てくれるみなさんやオンラインの読者のみんな、一緒にこの旅を乗り切ってくれてありがとう！　わたしと一緒に、信じ、刺激を与え、一緒に笑ったり泣いたりさせてくれてありがとう。あなたの人生に、わたしを呼んでくれてありがとう。あなた方がここにいてくれるだけでとてもうれしいし、あなた方のサポートには心から感謝しています。

尊敬する、わたしが勝手にメンターだと思っている皆さん！（きっと気づいてはいないだろうけれど）ダニエル・ラポルテ、リンダ・シヴァースステン、あなた方のマルチメディアプログラムのおかげでわたしはこの本の企画を通すことができました。ダニエル、あなたの作品を読んでわたしが何を感じ、どれほど刺激になったかをうまく言葉にすることができません。だから素直にこう言います。「ありがとう」メリッサ・カッセラ、大切なのは数字ではなく、喜びと楽しさだと思い出させてくれてありがとう。アレクサンドラ・フランツェン、あなたのワークショップに加えてもらったおかげで、わたしは自分自身を見つけ、作家と名乗れるようになりました。それがどれほどわたしの心の支えになったかわかりません。ありがとう。トッド・ヘンリー、あなたの本はわたしの心の奥底にある、何かを生み出したいという気持ちを日々思い起こさせてくれます。あなたがわたしのインスタグラムにつけたコメント、「本を書く人なんて誰もいないよ。みんなちょっとずつ書いたものをまとめて一冊にしているだけさ」は一番大切な言葉として、付箋にしています。ありがとう。

センサリー・ラボのボンディ、あなたが毎朝わたしのコーヒーを作ってくれなかったら、この本はどうなっていただろう？　きっと、書きあげられなかったと思う。あなたは最高よ、ありがとう。

親族のみんなにも感謝を。ジュディとフィルはいつもやさしくサポートしてくれました。そしてジェス、ダニエル、オリー、いつもありがとう。この本はオリーが読む初めての本になりそうね？　みんな大好きよ。

祖父母のジャッキーとロリー、その他叔父や叔母、従兄弟のみなさん。いつも応援してくれて、いつも笑ってくれてありがとう。みんな、ほんとに大好きよ。

両親のマリルーとロビンにも感謝。二人のいつも変わらない愛とサポートがなければ、わたしはどうなっていたかわかりません。わたしはなんでもできる、なんにでもなれると信じられたのは二人のおかげ。十二歳の頃、作家になりたいと言ったわたしの言葉を、ずっと信じてくれました。わたしが何をしていても信じてくれるし、いろんなことでサポートしてくれます。どんなに愛しているか、感謝しているか、言葉では言い尽くせません。二人の子どもでいられるわたしは、世界一幸せです。二人とも大好き。ありがとう。

妹のステフとサミ。あなたたちはわたしの心の中のすべてです。いつも思っています。口で言えないほど大好きよ。わたしの人生を、ただ生きている以上のものにしてくれてありがとう。そして二人が愛する人たち、ダニエルとゲイブも、大好きよ。サポートしてくれてありがとう。

本の謝辞に飼い犬の名前を出すなんてと笑われるかもしれないけれど……わたしは平気。ミソ、ありがとう！　家族はみんな、あなたのことが大好き。あなたと一緒にいるだけで、みんな自分はありのままでいいんだと思うことができます。

夫のニックへ。わたしの親友であり、わたしの心であり、わたしの一番のチアリーダーで、弁護士で、パーソナルシェフで、わたしの紅茶をいれる係のあなた。

いつもわたしを信じ、サポートしてくれてありがとう。何もかも、ときにはわたし自身よりよく理解していてくれてありがとう、そしてあなたがあなたでいてくれて、いつも変わらず、終わりのない愛をくれてありがとう。何よりもあなたを愛してるけど、毎日もっと愛せるように、永遠に愛し続けるわ。

著者について

キャシー・メンドーサ＝ジョーンズは運動療法士、ナチュロパス（自然療法士）、作家、講演者として、女性の健康と人生をよりよくするための活動を行っている。行き詰まったり、自分に価値を感じられなかったり、自分らしく生きられないと悩む女性の相談を受けている。

セルフケアや自負心、自己受容の高め方をその人に合わせてアドバイスすることで、ありのままの自分でいることが何より自然なことだと感じられるよう導いている（本当に、そうなのだから）。

対面相談をしていないときは、執筆をしているか、オンライン講座やプログラムの作成をしているか、おもしろい小説に夢中になっているか、カフェでのんびりしているか、ヨガのクラスのために着替えをしているか。

もっとキャシーについて知りたい、自分らしくバランスの取れた生き方を見つけたいという方は www.cassiemendozajones.com へ。

本書の感想や、その後のどんなふうに考え方が変化したかなど、ぜひお教えください。ウェブサイトへのメールはお気軽にどうぞ。また、ＳＮＳもやっています（更新が多いのはインスタグラムです）。#UAreEnoughBookで検索してみてください。

インスタグラム　@cassiemendozajones
フェイスブック　/cassiemendozajones
ピンタレスト　/cmendozajones
ツイッター　@cmendozajones

わたしのウェブサイトには、書籍やオンライン講座、ワークショップのお知らせ、瞑想の方法やフリー素材もいろいろ掲載しています。
www.cassiemendozajones.com/shop/でダウンロードしてみてください。

もっと自分に合った方法を知りたいという方には、一対一のセッションやプログラムのご相談もお受けしています。詳しくは www.cassiemendozajones.com/work-with-me まで。

自分も文章を書きたいという方、本書の出版に至った企画書や文章の書き方のコツや売りこみについて知りたいという方は www.cassiemendozajones.com/writing-tips をどうぞ。

わたしが最近どんなことから刺激を受けているか（いくつかは本書でも紹介しましたが）、どんなレッスンを受けたり、どんな本やブログを読んだり、どんなポッドキャストを聞いたりしているかなどは、www.cassiemendozajones.com/resources でお知らせしています。

進行　説田綾乃　高橋栄造　永沢真琴　湯浅勝也
販売部担当　杉野友昭　西牧孝　木村俊介
販売部　辻野純一　薗田幸浩　亀井紀久正　平田俊也　鈴木将仁
営業部　平島実　荒牧義人
広報宣伝室　遠藤あけ美　高野実加
メディア・プロモーション　保坂陽介　蛯名結花
FAX : 03-5360-8052　Mail : info@TG-NET.co.jp
デザイン　mocha design
イラスト　野村彩子

You are Enough* [あなたの価値は、あなたでいること]

平成 30 年 11 月 1 日　初版第 1 刷発行

著者　キャシー・メンドーサ＝ジョーンズ
訳者　宮垣明子

発行者　廣瀬和二
発行所　辰巳出版株式会社
〒 160-0022 東京都新宿区新宿 2 丁目 15 番 14 号　辰巳ビル
TEL　03-5360-8960（編集部）
TEL　03-5360-8064（販売部）FAX　03-5360-8951（販売部）
URL　http://www.TG-NET.co.jp

印刷・製本所　大日本印刷株式会社

ISBN978-4-7778-2196-9 C0098